光琳《こうりん》カルタで読む

百人一首ハンドブック

［監修］久保田 淳

小学館

目次

本書の構成……6

1 天智天皇――秋の田のかりほの庵の苫をあらみわが衣手は露にぬれつつ……7
2 持統天皇――春過ぎて夏来にけらし白妙の衣干すてふ天の香具山……8
3 柿本人麻呂――あしひきの山鳥の尾のしだり尾のながながし夜をひとりかも寝む……9
4 山辺赤人――田子の浦にうち出でて見れば白妙の富士の高嶺に雪は降りつつ……10
5 猿丸大夫――奥山に紅葉踏み分け鳴く鹿の声聞く時ぞ秋は悲しき……12
6 中納言家持――鵲の渡せる橋に置く霜の白きを見れば夜ぞ更けにける……13
7 安倍仲麿――天の原ふりさけ見れば春日なる三笠の山に出でし月かも……14
8 喜撰法師――わが庵は都の辰巳しかぞ住む世をうぢ山と人はいふなり……15
9 小野小町――花の色は移りにけりないたづらにわが身世にふるながめせしまに……16
10 蝉丸――これやこの行くも帰るも別れては知るも知らぬもあふ坂の関……18
11 参議篁――わたの原八十島かけて漕ぎ出でぬと人には告げよ海人の釣舟……19
12 僧正遍昭――天つ風雲の通ひ路吹きとぢよ乙女の姿しばしとどめむ……20
13 陽成院――筑波嶺の峰より落つるみなの川恋ぞ積もりて淵となりぬる……22
14 河原左大臣――陸奥のしのぶもぢずりたれゆゑに乱れそめにしわれならなくに……23
15 光孝天皇――君がため春の野に出でて若菜摘むわが衣手に雪は降りつつ……24
16 中納言行平――立ち別れいなばの山の峰に生ふるまつとし聞かば今帰り来む……25
17 在原業平朝臣――ちはやぶる神代も聞かず竜田川からくれなゐに水くくるとは……26
18 藤原敏行朝臣――住の江の岸に寄る波よるさへや夢の通ひ路人目よくらむ……28
19 伊勢――難波潟短き蘆のふしの間も逢はでこの世を過ぐしてよとや……29
20 元良親王――わびぬれば今はたおなじ難波なるみをつくしても逢はむとぞ思ふ……30
21 素性法師――今来むといひしばかりに長月の有明の月を待ち出でつるかな……31
22 文屋康秀――吹くからに秋の草木のしをるればむべ山風をあらしといふらむ……32
23 大江千里――月見ればちぢにものこそ悲しけれわが身ひとつの秋にはあらねど……33
24 菅家――このたびは幣も取りあへず手向山紅葉の錦神のまにまに……34
25 三条右大臣――名にし負はば逢坂山のさねかづら人に知られで来るよしもがな……35

26 貞信公——小倉山峰の紅葉葉心あらばいまひとたびのみゆき待たなむ……36
27 中納言兼輔——みかの原わきて流るるいづみ川いつ見きとてか恋しかるらむ……38
28 源宗于朝臣——山里は冬ぞ寂しさまさりける人目も草もかれぬと思へば……39
29 凡河内躬恒——心あてに折らばや折らむ初霜の置きまどはせる白菊の花……40
30 壬生忠岑——有明のつれなく見えし別れより暁ばかり憂きものはなし……41
31 坂上是則——朝ぼらけ有明の月と見るまでに吉野の里に降れる白雪……42
32 春道列樹——山川に風のかけたるしがらみは流れもあへぬ紅葉なりけり……44
33 紀友則——ひさかたの光のどけき春の日にしづ心なく花の散るらむ……45
34 藤原興風——誰をかも知る人にせむ高砂の松も昔の友ならなくに……46
35 紀貫之——人はいさ心も知らずふるさとは花ぞ昔の香に匂ひける……47
36 清原深養父——夏の夜はまだ宵ながら明けぬるを雲のいづこに月宿るらむ……48
37 文屋朝康——白露に風の吹きしく秋の野はつらぬきとめぬ玉ぞ散りける……49
38 右近——忘らるる身をば思はず誓ひてし人の命の惜しくもあるかな……50
39 参議等——浅茅生の小野の篠原忍ぶれどあまりてなどか人の恋しき……51
40 平兼盛——忍ぶれど色に出でにけりわが恋はものや思ふと人の問ふまで……52
41 壬生忠見——恋すてふわが名はまだき立ちにけり人知れずこそ思ひそめしか……53
42 清原元輔——契りきなかたみに袖をしぼりつつ末の松山波越さじとは……54
43 権中納言敦忠——逢ひ見てののちの心にくらぶれば昔はものを思はざりけり……56
44 中納言朝忠——逢ふことの絶えてしなくはなかなかに人をも身をも恨みざらまし……57
45 謙徳公——あはれともいふべき人は思ほえで身のいたづらになりぬべきかな……58
46 曾禰好忠——由良の門を渡る舟人かぢを絶えゆくへも知らぬ恋のみちかな……59
47 恵慶法師——八重むぐら茂れる宿の寂しきに人こそ見えね秋は来にけり……60
48 源重之——風をいたみ岩打つ波のおのれのみくだけてものを思ふころかな……61
49 大中臣能宣朝臣——御垣守衛士のたく火の夜は燃え昼は消えつつものをこそ思へ……62
50 藤原義孝——君がため惜しからざりし命さへ長くもがなと思ひけるかな……63

51 藤原実方朝臣――かくとだにえやはいぶきのさしも知らじな燃ゆる思ひを……64
52 藤原道信朝臣――明けぬれば暮るるものとは知りながらなほ恨めしき朝ぼらけかな……65
53 右大将道綱母――嘆きつつひとり寝る夜の明くる間はいかに久しきものとかは知る……66
54 儀同三司母――忘れじのゆく末まではかたければ今日を限りの命ともがな……67
55 大納言公任――滝の音は絶えて久しくなりぬれど名こそ流れてなほ聞こえけれ……68
56 和泉式部――あらざらむこの世のほかの思ひ出でにいまひとたびの逢ふこともがな……70
57 紫式部――めぐり逢ひて見しやそれとも分かぬ間に雲隠れにし夜半の月影……71
58 大弐三位――有馬山猪名の篠原風吹けばいでそよ人を忘れやはする……72
59 赤染衛門――やすらはで寝なましものをさ夜更けてかたぶくまでの月を見しかな……73
60 小式部内侍――大江山いく野の道の遠ければまだふみも見ず天の橋立……74
61 伊勢大輔――いにしへの奈良の都の八重桜けふ九重に匂ひぬるかな……76
62 清少納言――夜をこめて鳥のそら音ははかるともよに逢坂の関は許さじ……77
63 左京大夫道雅――今はただ思ひ絶えなむとばかりを人づてならでいふよしもがな……78
64 権中納言定頼――朝ぼらけ宇治の川霧たえだえにあらはれわたる瀬々の網代木……80
65 相模――恨みわび干さぬ袖だにあるものを恋に朽ちなむ名こそ惜しけれ……82
66 前大僧正行尊――もろともにあはれと思へ山桜花よりほかに知る人もなし……83
67 周防内侍――春の夜の夢ばかりなる手枕にかひなくたたむ名こそ惜しけれ……84
68 三条院――心にもあらで憂き世に長らへば恋しかるべき夜半の月かな……86
69 能因法師――嵐吹く三室の山のもみぢ葉は竜田の川の錦なりけり……87
70 良暹法師――寂しさに宿を立ち出でてながむればいづくも同じ秋の夕暮……88
71 大納言経信――夕されば門田の稲葉おとづれて蘆のまろ屋に秋風ぞ吹く……90
72 祐子内親王家紀伊――音に聞く高師の浜のあだ波はかけじや袖のぬれもこそすれ……91
73 前権中納言匡房――高砂の尾の上の桜咲きにけり外山の霞立たずもあらなむ……92
74 源俊頼朝臣――憂かりける人を初瀬の山おろしよ激しかれとは祈らぬものを……94
75 藤原基俊――契りおきしさせもが露を命にてあはれ今年の秋もいぬめり……96

76 法性寺入道前関白太政大臣――わたの原漕ぎ出でて見ればひさかたの雲居にまがふ沖つ白波……97
77 崇徳院――瀬をはやみ岩にせかるる滝川のわれても末に逢はむとぞ思ふ……98
78 源兼昌――淡路島通ふ千鳥の鳴く声にいく夜寝覚めぬ須磨の関守……100
79 左京大夫顕輔――秋風にたなびく雲のたえ間より漏れ出づる月の影のさやけさ……102
80 待賢門院堀河――ながからむ心も知らず黒髪の乱れてけさはものをこそ思へ……103
81 後徳大寺左大臣――ほととぎす鳴きつる方をながむればただ有明の月ぞ残れる……104
82 道因法師――思ひわびさても命はあるものを憂きに堪へぬは涙なりけり……105
83 皇太后宮大夫俊成――世の中よ道こそなけれ思ひ入る山の奥にも鹿ぞ鳴くなる……106
84 藤原清輔朝臣――長らへばまたこのごろやしのばれむ憂しと見し世ぞ今は恋しき……107
85 俊恵法師――夜もすがらもの思ふころは明けやらぬねやのひまさへつれなかりけり……108
86 西行法師――嘆けとて月やはものを思はするかこちがほなるわが涙かな……109
87 寂蓮法師――村雨の露もまだ干ぬまきの葉に霧立ちのぼる秋の夕暮……110
88 皇嘉門院別当――難波江の蘆のかりねのひとよゆゑ身を尽くしてや恋ひわたるべき……111
89 式子内親王――玉の緒よ絶えなば絶えねながらへば忍ぶることの弱りもぞする……112
90 殷富門院大輔――見せばやな雄島の海人の袖だにも濡れにぞ濡れし色は変はらず……114
91 後京極摂政前太政大臣――きりぎりす鳴くや霜夜のさむしろに衣かたしきひとりかも寝む……116
92 二条院讃岐――わが袖は潮干に見えぬ沖の石の人こそ知らねかわく間もなし……117
93 鎌倉右大臣――世の中は常にもがもな渚漕ぐ海人の小舟の綱手かなしも……118
94 参議雅経――み吉野の山の秋風さよ更けてふるさと寒く衣打つなり……119
95 前大僧正慈円――おほけなく憂き世の民におほふかなわが立つ杣にすみ染めの袖……120
96 入道前太政大臣――花さそふ嵐の庭の雪ならでふりゆくものはわが身なりけり……122
97 権中納言定家――来ぬ人をまつほの浦の夕なぎに焼くや藻塩の身もこがれつつ……123
98 従二位家隆――風そよぐ楢の小川の夕暮は御禊ぞ夏のしるしなりける……124
99 後鳥羽院――人も愛し人も恨めしあぢきなく世を思ふゆゑにもの思ふ身は……126
100 順徳院――百敷や古き軒端のしのぶにもなほ余りある昔なりけり……128

百人一首の成り立ち　久保田 淳……129
光琳カルタについて……135

■百人一首を味わうために
百人一首とたべもの…55／和歌の用語…79
和歌の表現…85／百人一首の出典…93
百人一首と落語…99

百人一首語句さくいん……137
作者さくいん……142
用語・事項さくいん……143

本書の構成

「小倉百人一首《おぐらひゃくにんいっしゅ》」は、藤原定家《ふじわらのていか》が京都小倉山の山荘で選んだといわれる百首の歌です。天智天皇《てんじてんのう》から順徳院《じゅんとくいん》まで百人の和歌一首ずつを集めたもので、近世以後、歌ガルタとして広まりました。

本書は、この百首の歌について、現代語訳や語句の解説を施し、さらに鑑賞文も添えて、尾形光琳《おがたこうりん》の絵カルタとともに読み味わうことができるようにしたものです。

＊解説は、久保田淳監修のもとに、1～50番歌を鈴木宏子、51～100番歌を谷知子が担当しました。

＊本書は、『光琳歌留多で読む小倉百人一首　百人一首の手帖』（一九八九年、小学館刊）に加筆、さらに写真などを増補して体裁を一新し、改題して刊行したものです。

①**歌番号と和歌**——歌は、流布している小倉百人一首の本文に従い、慣習にならって歌番号を付した。

②**出典と詞書《ことばがき》**——和歌が収められている歌集（勅撰和歌集《ちょくせんわかしゅう》→p.93）・巻数・部立《ぶだて》（→③）・歌番号（『新編国歌大観』による）・詞書（→p.79）。

③**部立《ぶだて》て**——部立て（→p.79）によって和歌の地模様を、次の7つに分けて示した。

春6首
夏4首
秋16首と雑秋1首
冬6首
羇旅《きりょ》4首
恋43首
離別1首と雑19首

④**光琳カルタ**——右側に上の句の札を、左側に下の句の札を配した。

⑤**作者**——作者の経歴について簡潔にまとめた。

⑥**現代語訳**——なるべく和歌の表現に忠実な訳とした。

⑦**語句**——重要語句のほか、文法についても解説した。

⑧**鑑賞文**——和歌が詠まれた背景や鑑賞のポイントを解説した。

1

天智天皇【てんじてんのう】

秋《あき》の田《た》のかりほの庵《いほ》の苫《とま》をあらみ
わが衣手《ころもで》は露《つゆ》にぬれつつ

◇後撰和歌集　巻六・秋中・三〇二　詞書「題しらず」

◉秋の田に作った仮小屋《かりごや》の、その苫《とま》ぶきの屋根の目が粗《あら》いので、夜の番をしている私の衣の袖《そで》は、洩《も》れしたたる露にぬれそぼっているよ。

天智天皇　[626-671]　第三八代の天皇。舒明《じょめい》天皇の子。中大兄皇《なかのおおえのおう》子《じ》とも。中臣鎌足《なかとみのかまたり》と謀って蘇我氏を滅ぼし、大化《たいか》の改新を断行。都を近江《おうみ》に移し、近江令《おうみりょう》を定めた。また、漏刻《ろうこく》(水時計)を作って時報を行うなど、文武に広く活躍した。

■**秋の田のかりほの庵《いお》**　秋の実りを鳥獣の害などから見守る小屋のこと。「かりほ」は「仮庵《かりいほ》」の二重母音がつまった語。これに稲などの刈《か》り取った穂を意味する「刈穂《かりほ》」を掛けているとする説もある。■**苫《とま》**　「苫《とま》（笘）」は菅《すげ》や茅《かや》などの草で編んだ薦《こも》状のもので、仮庵《かりいお》の囲いや屋根を葺《ふ》くのに用いた。■**苫をあらみ**　「〜を〜み」は「〜が〜なので」の意を表す。「を」は間投助詞、「あら」はク活用形容詞「あらし」の語幹、「み」は接尾語。「〜み」の「〜」には形容詞の語幹（シク活用の場合は終止形）が入る。■**衣手《ころもで》**　袖《そで》のこと。

農民を思いやる帝王の歌

仮庵《かりいお》で夜の番をするつらさを詠《よ》んだこの歌は、本来、田守《たもり》(田の番人)の労苦を嘆いた、読人《よみひと》しらずの歌だったのであろう。次のような類歌が存在することも、その想定を裏づける。

秋田《あきた》刈《か》る仮廬《かりほ》を作り我《わ》が居《を》れば衣手《ころもで》寒く露ぞ置きにける
（『万葉集』巻十・二一七四）

秋田刈《か》るかりほを見つつこきくれば衣手寒し露置きにけり
（『古今六帖《こきんろくじょう》』第二・かりほ・一一二四）

この歌が、『後撰集《ごせんしゅう》』で天智天皇御製《ぎょせい》とされた背景には、農民の辛苦《しんく》をわがものとして共有する理想の帝王像への思いが潜《ひそ》んでいるのではないだろうか。苫《とま》ぶきの屋根をしみとおった夜露が、ぽとりぽとりと落ちる秋の夜の静寂が、身にしみるような歌である。

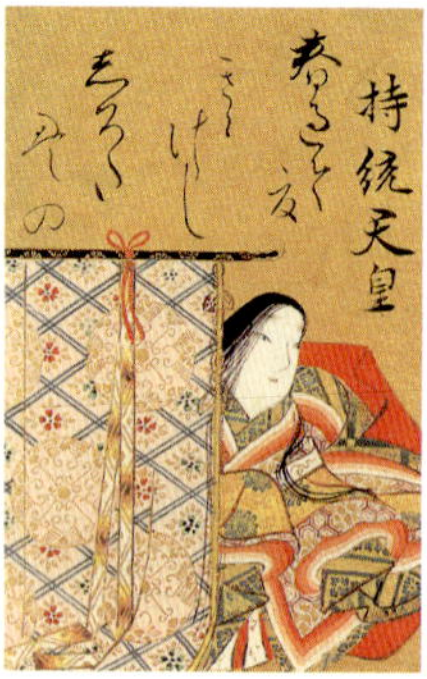

持統天皇　[645-702]　第四一代の天皇。天智《てんじ》天皇の第二皇女、天武《てんむ》天皇の皇后。夫の死後政務を執り、皇太子草壁《くさかべ》皇子の病死によって飛鳥浄御原宮《あすかのきよはらのみや》で即位。朱鳥八（六九四）年藤原京に遷都。

持統天皇【じとうてんのう】

2

春《はる》過《す》ぎて夏《なつ》来《き》にけらし白妙《しろたへ》の 衣《ころも》干《ほ》すてふ天《あま》の香《か》具《ぐ》山《やま》

◇新古今和歌集　巻三・夏・一七五　詞書「題しらず」

◉春が過ぎて夏が来たらしいよ。白妙《しろたえ》の衣を干《ほ》すという天《あま》の香具山《かぐやま》、あの山に真っ白に衣が干されている。

■**夏来にけらし**　「けらし」は「けるらし」の約。■**白妙の衣**　「白妙」は「白栲《しろたえ》」とも書き、栲《たえ》（楮《こうぞ》の繊維《せんい》）で織った白い衣のこと。「白妙の」は衣にかかる枕詞《まくらことば》。香具山《かぐやま》を斎《いつ》き祭る人たちの斎衣《さいい》と考える説もある。■**干すてふ**　「てふ」は「といふ」の約。■**天の香具山**　畝傍山《うねびやま》・耳成山《みみなしやま》とともに大和《やまと》三山の一つ。天から降ってきたという伊与風土記《いよふどき》（逸文《いつぶん》）に見える古い伝説により「天《あま》の」と冠する。奈良県橿原《かしわら》市と高市《たかいち》郡の境にある。標高一四八メートル。

春から夏への季節感

この歌の原歌は、『万葉集』巻一、二八番で、「春過而《はるすぎて》　夏来《なつき》良之《たるらし》　白妙能《しろたへの》　衣乾有《ころもほしたり》　天之香来山《あめのかぐやま》」とあり、三十六人集の『家持《やかもち》集』にも「夏歌」として、「春すぎて夏ぞきにけるしろたへの衣ほしたりあまのかご山」という形で見える。原歌は、二句・四句で切れ、実景に即した躍動感《やくどうかん》のある詠《よ》みぶりである。これが「来《き》にけらし」と柔らかな口調に変わり、以下末尾までつづけて詠みくだされるようになったのは、平安時代も終わり近くのことであったらしい。「衣干すてふ」という伝聞《でんぶん》表現への転化は、すでに香具山の麓《ふもと》での生活実感を失って久しい王朝人の、この山に寄せるあこがれが育《はぐ》んだものであろうか。青々とした初夏の香具山に白衣が干《ほ》されているという、色彩の対照も鮮明な、春から夏へという季節の変わり目には、ふと想《おも》い起こされる歌である。

3

柿本人麻呂【かきのもとのひとまろ】

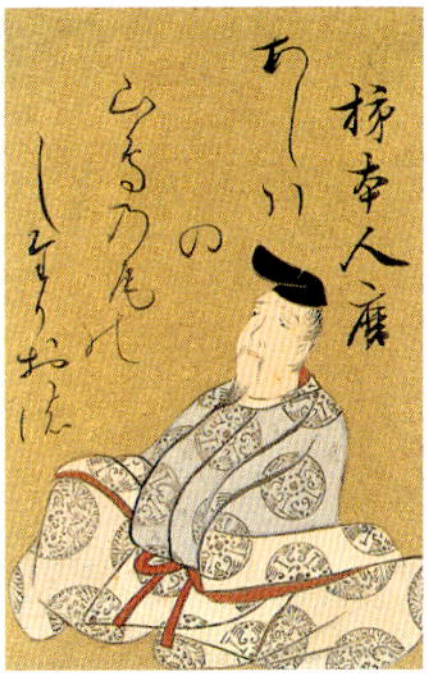

柿本人麻呂　［生没年未詳］万葉集の代表的歌人。持統《じとう》・文武《もんむ》天皇に仕えた。『万葉集』第二期の歌人として、長歌二〇、短歌三三四、旋頭歌《せどうか》三五首を残す。後世、山辺赤人とともに歌聖としてあがめられた。三十六歌仙の一人。

あしひきの山鳥《やまどり》の尾《を》のしだり尾の
ながながし夜をひとりかも寝む

◇拾遺和歌集　巻十三・恋三・七七八　詞書「題しらず」

◉山鳥の長く垂《た》れた尾、そのように長い長い夜を、わたしはひとりさびしく寝るのであろうか。

■**あしひきの山鳥の尾のしだり尾の**　「あしひきの」は「山」に掛かる枕《まくら》詞《ことば》。中世以降、「あしびきの」と濁音化した。「山鳥」はキジ科の鳥。夜は雌《し》雄《ゆう》が峰《みね》を隔てて寝ると考えられていた。「しだり尾」は長く垂れ下がっている尾の意。ここまでが「ながながし」を導き出すための序詞《じょことば》である。■**ひとりかも寝む**　「かも」は疑問・詠嘆《えいたん》・反語などの意を表す係助詞で、ここでは詠嘆の意。

山鳥に寄せる独り寝のわびしさ

この歌の原歌は、『万葉集』巻十一、古今相聞往来歌類之上《ここんそうもんおうらいかるいの》の寄物陳思《きぶつちんし》（物に寄せて思いを陳べたる）歌に見いだされる、二八〇二番歌の異伝「足日木乃《あしひきの》　山鳥之尾乃《やまどりのをの》　四垂尾乃《しだりをの》　長永夜乎《ながながしよを》　一鴨将宿《ひとりかもねむ》」である。この寄物陳思《きぶつちんし》の歌群のうち、二七九九番から二八〇七番までの「物」はすべて鳥で、鶉《うずら》、鶏《かけ》、大海の荒磯《ありそ》の渚鳥《すどり》、たかべ、鶴《たづ》、鴨《かも》、千鳥《ちどり》などが詠《よ》み込まれており、鳥の組歌を読むようなおもしろさがある。「あしひきの…」という序詞は、下句でかこつ独り寝の苦しさ、わびしさの比喩《ひゆ》ともなっていよう。夜の時間の長さを、長く垂れた山鳥の尾を通して、具象的・視覚的に表現している。四度繰り返される「の」の音にも、夜の長さの趣が感じられる。後鳥羽院《ごとばいん》が藤原俊成《ふじわらのしゅんぜい》（→83番の作者）の九十の賀《が》のために詠じた、

さくら咲く遠山鳥のしだり尾のながながし日もあかぬ色かな

（『新古今集』春下・九九）

は、この歌の本歌取《ほんかど》りである。

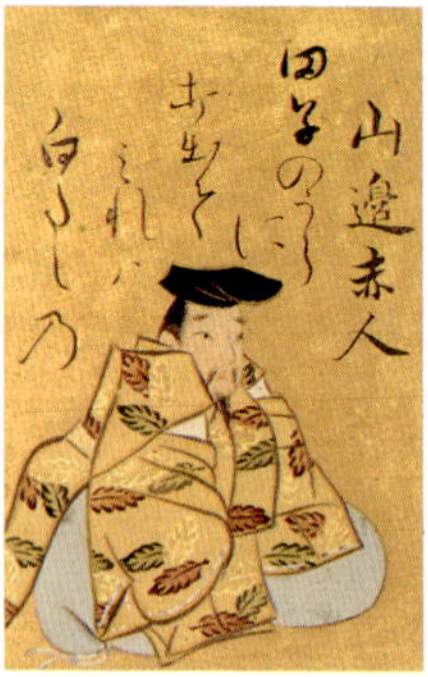

山辺赤人 ［生没年未詳］奈良時代の歌人。「山部赤人」とも。聖武天皇に仕え、宮廷歌人的存在といわれる。『万葉集』第三期の歌人で、長歌一三、短歌三七首を残した。後世、柿本人麻呂とともに歌聖と称された。三十六歌仙の一人。

4

山辺赤人【やまべのあかひと】

田子《たご》の浦《うら》にうち出《い》でて見れば白妙《しろたへ》の
富士《ふじ》の高嶺《たかね》に雪は降りつつ

◇新古今和歌集　巻六・冬・六七五　詞書「題しらず」

◎田子の浦に出て、仰ぎ見ると、真っ白な富士の高嶺《たかね》に雪が降りつづいているよ。

■**田子《たご》の浦**　静岡県富士市の南、駿河湾《するがわん》の海岸で、駿河国《するがのくに》の歌枕《うたまくら》。■**白妙《しろたへ》の**　ここでは「富士」に掛《か》かる枕詞《まくらことば》として用いられている。■**富士の高嶺**　富士山。現在の行政区画は山梨県と静岡県にまたがるが、歌の世界では駿河国の歌枕《うたまくら》。■**雪は降りつつ**　「つつ」は動詞型活用語の連用形をうけ、反復・継続の意を表す接続助詞。「降る」ということが反復される意になる。

古今を通じての富士山の名歌

原歌は『万葉集』巻三、三一八番の「田児之浦従《たごのうらゆ》　打出而《うちいでて》　見者《みれば》　真白衣《ましろにぞ》　不尽能高嶺尓《ふじのたかねに》　雪波零家留《ゆきはふりける》」で、「山部宿禰赤《すくねあか》人《ひと》の不尽山《ふじのやま》を望める歌一首」という長歌に付された反歌《はんか》である。原歌と百人一首の歌のちがいを考えてみよう。原歌の「田子《たご》の浦《うら》ゆ」であれば、「ゆ」は「～ヨリ、～カラ」の意の格助詞で、田子の浦を通って、の意と解されるが、「田子の浦に」では、静止したイメージになる。また末句は、原歌の「雪は降りける」では、見上げた山頂に雪が真っ白に降り積もった状態を詠嘆したことになるが、「降りつつ」では、今しも山頂に雪が降り続いていることになる。『新古今集』で冬の歌とされているのは、このように、雪が今まさに降っていると解釈したためであろう。冬の冴《さ》え渡った青空を背景にした真っ白な富岳《ふがく》を仰いでいるのである。『伊勢《いせ》物語』九段、いわゆる東下《あずまくだ》りの段で在原業平《ありわらのなりひら》と思われる「男」が見やった五月つごもりの富士の山の「時知らぬ山は富士の嶺《ね》いつとてか鹿《か》の子《こ》まだらに雪の降るらむ」といった姿とはまた別の、冬の富士の厳しい美しさがある。

富士山

『万葉集』には、高橋虫麻呂《たかはしのむしまろ》や東歌《あずまうた》などにも富士山を詠んだ歌がある。

5

猿丸大夫【さるまるだゆう】

奥山《おくやま》に紅葉《もみぢ》踏《ふ》み分け鳴く鹿《しか》の 声聞く時ぞ秋は悲しき

◇古今和歌集　巻四・秋上・二一五　詞書「是貞親王《これさだのみこ》の家の歌合《うたあわせ》の歌（読人《よみひと》しらず）」

◉奥山で、紅葉を踏み分けて鳴く鹿の声を聞くとき、秋はものがなしい季節と思われるよ。

猿丸大夫　［生没年未詳］　伝記未詳。実在の疑わしい伝説的人物である。『古今集』真名序《まなじょ》に六歌仙の一人大友黒主《おおとものくろぬし》を論じて「大友黒主之《の》歌、古猿丸大夫之《の》次也《つぎなり》」とあり、黒主よりも古の人と考えられていたらしい。三十六歌仙の一人。

奥山に　「奥山」は人里離れた山。「深山《みやま》」に同じ。　**紅葉**　楓《かえで》の紅葉とも、萩《はぎ》の黄葉とも解される。『古今集』の歌の排列から見ると、「鹿《しか》」と「萩《はぎ》の黄葉」を取り合せた仲秋《ちゅうしゅう》の歌と解される。　**鹿**　妻を求めて鳴く牡鹿《おじか》と考えられる。　**声聞く時ぞ秋は悲しき**　「ぞ〜悲しき」の「ぞ」は強意の係助詞。係り結びにより、「悲しき」と連体形になる。「秋は」の「は」は係助詞で、他と区別して指し示す意を表す。

紅葉を踏み分けるのは「我」か「鹿」か

この歌の解釈上の問題点は、「紅葉踏み分け」の主語が、歌い手である「我」か「鹿」かということである。『新撰万葉集《しんせんまんようしゅう》』において、この歌に、「秋山寂々として葉零々《れいれい》たり、麋鹿《びろく》の鳴く音数処に聆《きこ》ゆ　勝地尋ね来《きた》って遊宴するところ　朋《とも》無《な》く酒無く意《こころ》は猶《なお》し冷《すさま》し」という漢詩訳が配されていることから、「奥山の紅葉を踏み分ける人」が、鹿の声を聞いて悲哀を感じている、という解釈もできる。しかしまた、歌の調べに即して詠《よ》むと、「紅葉踏み分け」は「鳴く鹿」に掛かっていくのが自然である、とも考えられるのである。ここでは、後者の「鹿が紅葉を踏み分ける」という解釈に従った。秋色に包まれた秋の深山《しんざん》、散り敷いた紅葉を踏み分けて、鹿が鳴いている。秋は、鹿の妻恋《つまご》いの季節であり、その鳴く音には哀切《あいせつ》な響きがこもる。その声を聞くとき、秋の悲愁の思いが、ひとしお身にしみるのである。鹿の映像という視覚的要素と聴覚的要素とが、「秋は悲しき」という主情的な詠嘆によって一つに結びつけられている。

中納言家持　[717?-785]　大伴《おおともの》家持《やかもち》。奈良時代の歌人。旅人《たびと》の子。地方、中央の諸官を歴任し、中納《ちゅうな》言従三位《ごんじゅさんみ》に至る。『万葉集』の編纂《へんさん》に深く関わり、自身も、長歌四五、短歌三九二首、連歌一句を残す。三十六歌仙の一人。

中納言家持【ちゅうなごんやかもち】

6

鵲《かささぎ》の渡せる橋に置く霜《しも》の
白きを見れば夜ぞ更《ふ》けにける

◇新古今和歌集　巻六・冬・六二〇　詞書「題しらず」

◉鵲《かささぎ》が翼を連ねて天の川に渡した橋に、置いた霜が真っ白なのを見ると、ああ夜が更《ふ》けたのだなあと思われる。

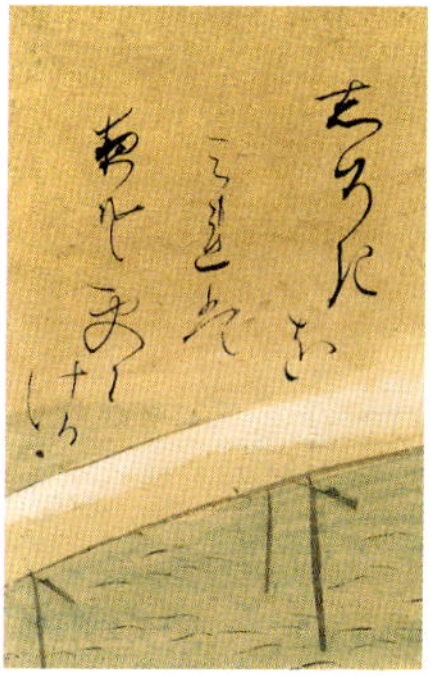

鵲の渡せる橋　鵲はカラス科の鳥。「鵲の渡せる橋」は、七夕《たなばた》の夜に鵲が羽翼を連ねて天の川に橋をかけ織女《しょくじょ》を渡すという、中国の書『白孔六帖《はっこうろくじょう》』に見える古伝承にもとづく。**更けにける**　「更け」は下二段動詞の連用形。「に」は完了の助動詞「ぬ」の連用形。「ける」は詠嘆の助動詞の連体形。係助詞「ぞ」の結びである。

天上の「鵲《かささぎ》の橋」の幻視

七月七日の夜、すなわち七夕《たなばた》に牽牛《けんぎゅう》と織女《しょくじょ》とが天の川で会う時、かささぎがその翼で橋をかけ織女を渡すといい、これを烏《かさ》鵲橋《さぎばし》、鵲《かささぎ》の橋と称した。「鵲の橋」は、多くの和歌に詠まれ、

かささぎのはねに霜降り寒き夜をひとりぞ寝ぬる君を待ちかね
（『古今六帖《こきんろくじょう》』第五・ひとりね　二六九八）

のような類歌がある。七夕伝説が人々に愛されたのにつれて、「鵲の橋」も和歌の世界に定着したのであろう。さて、宮中関係のことばには、「雲の上」「月卿雲客《げっけいうんかく》」など天上にちなむ呼称が多いが、「鵲の橋」も、宮中の御階《みはし》の意にも用いられる。この歌の場合も、直接には宮中の御階《みはし》を見ながら、天空の鵲の橋を幻視したと考えられる。もとより、これを大伴家持の作とするのは『家持集』に見出されることに基づくのであり、現在では彼の作と見なすことはできない。『大和《やまと》物語』一二五段に、壬生忠岑《みぶのただみね》が詠んだ次の歌がある。

かささぎの渡せる橋の霜のうへをよはに踏み分けことさらにこそ

安倍仲麿　[698-770]　遣唐留学生として、養老元（七一七）年入唐し、玄宗《げんそう》皇帝に仕え、朝衡《ちょうこう》と呼ばれた。李白《りはく》、王維《おうい》らの詩人とも親交があった。天平勝宝五（七五三）年、帰国しようとしたが海難のため果たせず、唐において客死した。

7

安倍仲麿【あべのなかまろ】

天《あま》の原《はら》ふりさけ見れば春日《かすが》なる
三笠《みかさ》の山に出《い》でし月かも

◇古今和歌集　巻九・羇旅《きりょ》・四〇六　詞書「もろこしにて月を見てよみける」

◎大空を振り仰いで見ると、月が見える。ああ、あれはその昔、故国日本の春日《かすが》にある三笠《みかさ》の山に出るのを眺めたのと同じ月かなあ。

■**天の原**　広大な天空の意。■**ふりさけ見れば**　「ふりさけ」は「振り放《さ》け」で、振り向いて遠くを望む意。■**三笠の山**　大和の春日にある三笠山。「春日」は大和国《やまとのくに》の歌枕《うたまくら》。「三笠の山」は奈良市の山。「御蓋山」とも書く。標高二九三メートル。■**出でし月かも**　「かも」は疑問の意を含んだ詠嘆の助詞。平安時代には「かな」にとって代られ古語と意識されるようになった。

唐土の月、大和の月——望郷の歌

『古今集』巻九・羇旅《きりょ》の巻頭歌である。歌に続いて長文の左注《さちゅう》がある。「この歌は、昔仲麿《なかまろ》を唐土《もろこし》に物習はしにつかはしたりけるに、あまたの年を経て、え帰りまうでこざりけるを、この国よりまた使ひまかり至りけるにたぐひて、まうできなむとて出《い》で立ちけるに、明州《めいしゅう》といふ所の海辺にて、かの国の人むまのはなむけしけり、夜になりて月のいとおもしろくさし出でたりけるを見てよめるとなむ、語り伝ふる。」仲麿が帰国の途に就《つ》く際、唐土明州の海辺で唐の人々が送別の宴をした時、おりから昇ってきた月を見て詠んだというのである。「三笠山」は、平城京《へいじょうきょう》の東に位置し、「春日なる三笠の山に月も出でぬかも佐《さ》紀山《きやま》に咲ける桜の花の見ゆべく」（『万葉集』巻十・一八八七）など、東の空に出る月とともに詠まれることもあった。平城京の官人であった仲麿が、海上に出た月を見て、とっさに「春日なる三笠の山に出でし月」を思い浮かべたのは、極めて自然である。異国にあって、故国の人も眺めているに違いない同じ月を仰ぎ見、澎湃《ほうはい》と起こった望郷の思いを歌って、永遠に新しい。

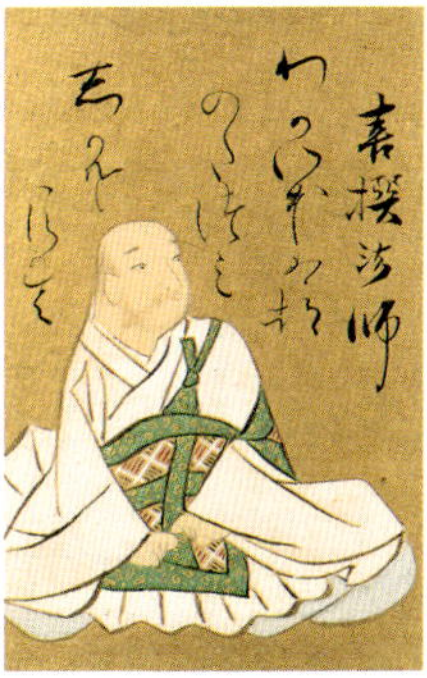

喜撰法師　［生没年未詳］平安初期の歌人。『古今集』仮名序《かなじょ》にも「言葉かすかにして、初め終り確かならず。……よめる歌多く聞えねば、かれこれを通はしてよく知らず」とあり、伝説的人物である。六歌仙の一人。

8

喜撰法師【きせんほうし】

**わが庵《いほ》は都の辰巳《たつみ》しかぞ住む
世をうぢ山と人はいふなり**

◇古今和歌集　巻十八・雑下・九八三　詞書「題しらず」

◉わたしの草庵《そうあん》は京の都から東南の方角にあって、このように心安らかに住んでいる。それなのに、世を憂《う》く思う宇《う》治《じ》山《やま》と人は言っているようだ。

■**都の辰巳**　「都」は京の都。「辰巳」（巽）は、東南の方角をいう。■**しかぞ住む**　「しか」は副詞「然」で、そのように、このようにの意。「鹿《しか》」を響かせているという説もある。■**世をうぢ山**　「世を憂《う》（し）」から「宇治山」へと続けた掛詞《かけことば》。「宇治山」は山城国《やましろのくに》、現在の宇治市東部の山。標高四一六メートル。この歌などから「喜撰山《きせんやま》」とも呼ばれる。■**人はいふなり**　「なり」は伝聞の助動詞。

宇治山の閑居

第三句「しかぞ住む」に問題がある。「このように住んでいる」とは、どのような様子をいうのだろうか。古来、二通りの解釈がある。一つは、「心安らかに住んでいる」という説。宇治山を世間の人々は「世を憂《う》く思う山」というが、自分は、そのような取り沙汰《ざた》とは無縁に、悠然《ゆうぜん》と出家《しゅっけ》生活を営んでいることを表明した歌、と解するのである。もう一つは、「このように憂《う》く、わびしく住んでいる」という説で、近世の歌人、香川景樹《かがわかげき》らの唱えたものである。ここでは、通常行われている前者の説に従って口語訳した。

喜撰《きせん》の住みかの跡は、宇治の御室戸《みむろと》の奥にあったらしい。鴨《かもの》長明《ちょうめい》の歌学書『無名抄《むみょうしょう》』には、「家はなけれど、礎など定かにあり」といい、歌人必見の場所である、とする。藤原為家《ためいえ》（定家《ていか》の息子）の息子、慶融法眼《けいゆうほうげん》に、

宇治山《うぢやま》の昔の庵《いほ》のあと訪《と》へば都のたつみ名ぞふりにける
（『玉葉集《ぎょくようしゅう》』雑三・二二五四）

という歌がある。彼は庵の跡を訪ねてみたのであろう。

9

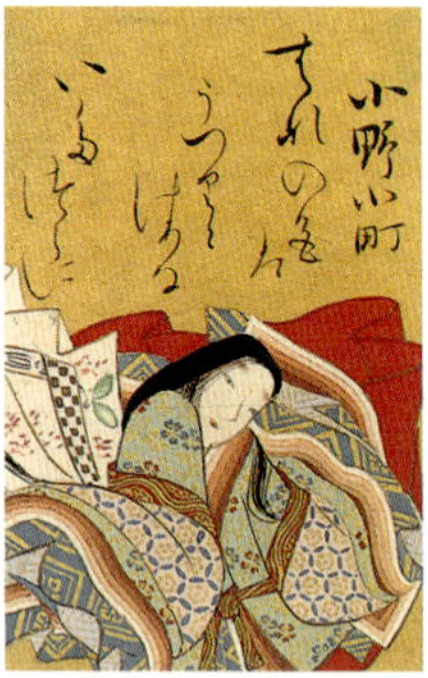

小野小町 ［生没年未詳］ 平安初期の歌人。出生については諸説あって不明。仁明《にんみょう》、文徳《もんとく》両天皇の後宮に仕える。繊細で情熱的な恋の歌が多い。美人の代表として伝説化され、謡曲、浄瑠璃などの題材となる。六歌仙、三十六歌仙の一人。

小野小町【おののこまち】

花の色は移りにけりないたづらに
わが身世にふるながめせしまに

◇古今和歌集　巻二・春下・一一三　詞書「題しらず」

◉美しかった花の色はむなしくあせてしまったのですね。長雨が降りつづいていたあいだに。わたしの容色も衰えてしまったこと。むなしく世を過ごして、物思いにふけっていたあいだに。

■**花の色は移りにけりな**　「花の色」に自身の容色をなぞらえているという説と、そのような寓意《ぐうい》はないという説と、両説がある。ここでは前者に従う。「移りにけりな」の「に」は完了の助動詞「ぬ」の連用形、「けり」は回想の助動詞、「な」は詠嘆の終助詞。■**いたづらに**　形容動詞「いたづらなり」の連用形。むなしく、無駄に。■**わが身世にふる**　「ふる」は、「降る」と、時を過ごす意の「経る」の掛詞《かけことば》。「経る」は、下二段動詞「経《ふ》」の連体形。したがって「世に経る」は「ながめ」に掛かる。■**ながめせしまに**　「ながめ」は「長雨」と、じっと見つめて物思いにふける意の「眺め」の掛詞。この「長雨」は、いわゆる菜種梅雨《なたねづゆ》。「せし」の「せ」はサ変動詞の未然形。「し」は過去の助動詞「き」の連体形。

人生の無常を歌う名歌――美の悲しみ

『古今集』では、春歌下の「散る花の歌群」の中に入る歌だが、作者小野小町《おののこまち》のイメージとあいまって、花の色の移ろうことに自身の容色の衰えを重ね、嘆息した歌として読まれている。「降る」と「経る」、「長雨」と「眺め」の掛詞《かけことば》も、その解釈を支えている。第三句「いたづらに」は、文法的には第三句以下に掛かると見るのが適当だが、倒置《とうち》的に第二句に掛かるとも見られる、遊離性の強い句である。春の長雨に降りこめられるうちに色あせてしまった花も、物思いに費やされてしまった若き日々も、今はむなしいものとして感じられるのである。

春立ちて我身《わがみ》ふりぬるながめには人の心の花も散りけり
（『後撰集』春上・二一　読人しらず）

という類歌がある。

随心院《ずいしんいん》の桜

京都市山科区にある真言宗の寺院。小野小町の屋敷跡と伝えられる。

小町化粧井戸

随心院の境内にあり、小町がここで顔を洗ったと言われる。

10

蝉丸　［生没年未詳］平安初期の歌人。『今昔《こんじゃく》物語集』『無名抄《むみょうしょう》』『平家物語』などに、琵琶に長じ、逢坂の関に庵を結び、隠遁生活をしたと語られるが、実像の明らかでない、伝説的人物である。

蝉丸【せみまる】

これやこの行《ゆ》くも帰るも別れては
知るも知らぬもあふ坂《さか》の関《せき》

◇後撰和歌集　巻十五・雑一・一〇八九　詞書「逢坂《おうさか》の関《せき》に庵室《あんしつ》を作りて住み侍《はべ》りけるに、行きかふ人を見て」

◉これがまあ、旅立つ人も旅から帰ってくる人も、知っている人同士も知らない人同士も、逢《あ》っては別れ、別れては逢う、その名も逢坂《おうさか》の関《せき》なのだなあ。

■**これやこの**　これがまあ、あの…であるのか、という感嘆の意を表す。この句があると末の句はしばしば名詞止めになるとされる。「これや」の「や」は疑問の意を含む詠嘆の係助詞。■**行くも帰るも**　「行く」「帰る」は連体形で、下に「人」が省略されている。「も」は並列の係助詞。「知るも知らぬも」も同様の語法。■**知るも知らぬもあふ坂《さか》の関**　「知るも知らぬも逢《あ》ふ」の意だが、「逢ふ」を「逢坂」に兼ねさせた言い方である。「逢坂の関」は、山城《やましろ》の国と近江《おうみ》の国との境にある逢坂山に設けられていた古関で、鈴鹿《すずか》の関・不破《ふわ》の関とともに三関の一つ。

逢《あ》えば別れあり、行きかう人生の歌
——ことばあそび

「行く、帰る」「知る、知らぬ」「別れては、逢う」と、一首の中に対立する言葉を三組も組み合わせた、凝《こ》った作りの歌なのだが、複雑な感じはしない。逢坂《おうさか》の関は、古来、京から東海・東山《とうさん》・北陸へと通じる要衝《ようしょう》であった。そこで展開される、会う者もやがて別れ、別れた者もいずれまためぐり会う人間模様は、まさに人生の縮図の名にふさわしい。『源氏物語』関屋《せきや》の巻にも、夫の任国の常陸《ひたち》から上京してきた空蝉《うつせみ》と石山詣《いしやまもう》でのために京を出て、関山を越える源氏とが逢坂の関で邂逅《かいこう》することが語られている。この歌は、こうした関のあり方を、軽妙な声調にのせて、飄々《ひょうひょう》と詠み下し、「あふ坂の関」という体言止《たいげんど》めで歌い終えている。「これやこの」という初句にも、口頭語的な軽やかさが感じられる。

11

わたの原八十島《やそしま》かけて漕《こ》ぎ出《い》でぬと 人には告《つ》げよ海人《あま》の釣舟《つりぶね》

参議篁【さんぎたかむら】

参議篁 [802–852] 小野篁《おののたかむら》。平安前期の公卿《くぎょう》・漢学者・歌人。遣唐副使に任ぜられたが、遣唐使藤《ふじ》原常嗣《わらのつねつぐ》と船を換えられたことを憤って乗船を拒んだため、隠岐《おき》へ配流《はいる》された。のち許されて参議となる。

◇古今和歌集　巻九・羇旅《きりょ》・四〇七　詞書「隠岐《おき》の国に流されける時に、舟に乗りて出で立つとて、京なる人のもとにつかはしける」

◎あの篁《たかむら》は、大海原のたくさんの島々を目ざして船を漕ぎだしていったと、親しい人には告げておくれ、漁師の釣舟よ。

■**わたの原**　大海原《おおうなばら》。「わた」は海の古語。■**八十島かけて**　「八十島《やそしま》」は多くの島々。「八十」は「八十神《やそがみ》」など数の多いことをいう。「かけて」は、心にかけて、めざして、の意。■**漕ぎ出でぬと**　「ぬ」は完了の助動詞の終止形。■**人には告げよ海人《あま》の釣船《つりぶね》**　「は」は他と区別して取り立てていう係助詞。海の景物としてよく詠まれる「海人の釣舟」に、呼びかけている形である。

はるかなる配所への旅立ち

作者小野篁《おののたかむら》が、勅勘《ちょっかん》に触れて隠岐《おき》に流される時の歌である。隠岐流罪《おきるざい》は、陸路をとらず、難波《なにわ》から船に乗り、瀬戸内海・関門海峡を通って、日本海を北上したらしい。今まさに出航しようとする眼前には、茫洋《ぼうよう》とした海原《うなばら》があり、かなたに島々が点在する。大海の波間には、小さな釣舟がはかなく揺れている。篁はその釣舟に、伝言をたくす。「自分は、海のかなたたくさんの島々をめざして漕ぎ出していくのだ」と。未知の世界へ一人旅立つ者の不安と孤独感の投影された歌だが、不思議に、湿っぽい感じはしない。豪快なしらべの歌である。この歌に先立つ類歌として、次のようなものをあげることができよう。

海原を八十島隠《がく》り来《き》ぬれども奈良の都は忘れかねつも

（『万葉集』巻十五・三六一三　遣新羅使人）

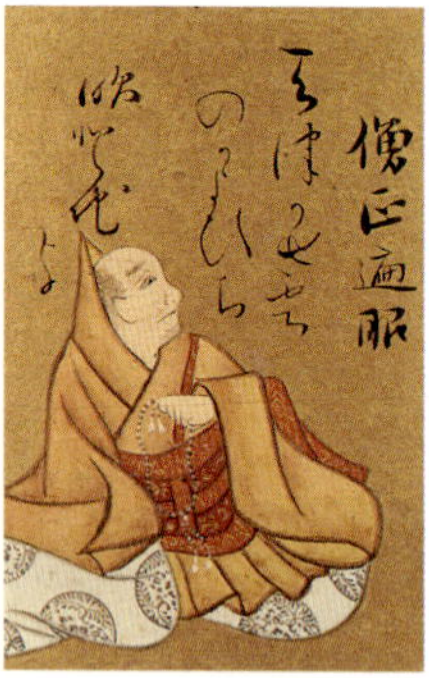

遍昭　[816-890] 平安前期の僧・歌人。「遍照」とも。俗名良岑宗貞《よしみねのむねさだ》。桓武《かんむ》天皇の孫。良岑安世の子。素性（21番の作者）の父。蔵人頭《くろうどのとう》にまでなったが、仁明《にんみょう》天皇崩御の時出家し、遍昭と号した。六歌仙・三十六歌仙の一人。

12

僧正遍昭【そうじょうへんじょう】

天《あま》つ風《かぜ》雲《くも》の通《かよ》ひ路《ぢ》吹きとぢよ
乙女《をとめ》の姿しばしとどめむ

◇古今和歌集　巻十七・雑上・八七二　詞書「五節《ごせち》の舞姫《まいひめ》を見てよめる（良岑宗貞《よしみねのむねさだ》）」

◉空を吹く風よ、雲の中の通り道をふさいでおくれ。天に昇っていこうとする乙女の姿をしばらくとどめておこうと思うので。

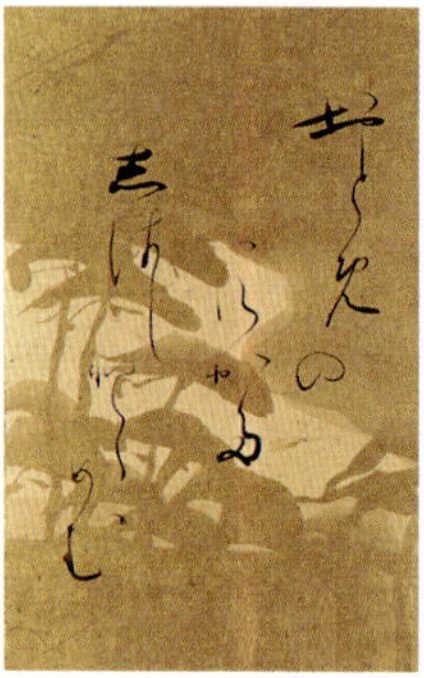

■**天つ風**　空吹く風よ。「つ」は格助詞「の」の古い形。■**雲の通ひ路吹きとぢよ**　「雲の通ひ路」は、雲の切れ間の天上へ通じる道。ここでは天女（舞姫）が天上へ帰っていく道。■**しばしとどめむ**　「しばし」は副詞。もうしばらくのあいだ。「む」は意志の助動詞。

天上の舞姫へのあこがれ

五節《ごせち》の舞姫を、天女に見立てた歌である。「五節」は、新嘗《しんじょう》会《え》や大嘗《だいじょう》会《え》に際し舞姫が舞う公事《くじ》で、例年、陰暦十一月、中《なか》の辰《たつ》の日に行われた。これは、天武《てんむ》天皇が吉野《よしの》の宮で琴《こと》を弾いたとき、天女が舞い降りて袖《そで》を五度翻《ひるがえ》したという故事に基づくものである。舞姫には、公卿《くぎょう》・国司の家の姫四人が選ばれ、その美しい姿を見ることは、人々の格別の喜びであった。

一首は、空吹く風を擬人化し、これに呼びかける形で始まり、美しい天女（舞姫）の姿を、もうしばらく地上にとどめておきたいと歌う。舞姫の美しさを、幻想的な天女の舞い姿を想像させることを通して表現している。風に呼びかける手法は、遍昭のやはり在俗時の作である、

花の色は霞《かすみ》にこめて見せずとも香《か》をだにぬすめ春の山風
（『古今集』春下・九一　良岑宗貞《よしみねのむねさだ》）

の歌にも見られる。

五節の舞

「少女《おとめ》ども　少女さびすも　唐玉《からたま》を　袂《たもと》に巻きて　少女さびすも」という大歌《おおうた》に合わせて舞われる（写真は「いちひめ雅楽会」によるもの）。

陽成院　[868–949]　第五七代の天皇。常軌を逸した行動が多かったと伝えられ、そのためか、関白藤原基経《もとつね》によって、元慶《がんぎょう》八（八八四）年に廃されて、光孝《こうこう》天皇に譲位した。元良親王（20番の作者）はその皇子である。

13

陽成院【ようぜいいん】

筑波嶺《つくばね》の峰《みね》より落つるみなの川
恋ぞ積もりて淵《ふち》となりぬる

◇後撰和歌集　巻十一・恋三・七七六　詞書「釣殿《つりどの》の御子《みこ》につかはしける」

◉筑波山《つくばさん》の峰からしたたり落ちる滴《しずく》が集まって水無川《みなのがわ》の淵《ふち》となる、そのようにあなたを恋いそめた心が積もり積もって、こんなにも深いものになったのです。

■**筑波嶺《つくばね》**　常陸国《ひたちのくに》（現在の茨城県）にある筑波山《つくばさん》。山頂は、西の男体《なんたい》、東の女体《にょたい》の二峰に分かれている。古代の歌垣《うたがき》の場として知られる。■**みなの川**　「男女川」「水無川」の字をあてる。筑波山から流れ、桜川となり霞ケ浦《かすみがうら》に注ぐ。■**淵**　水の深くよどんだところ。ここでは、恋の深さをたとえる。（逆に浅いところは「瀬《せ》」という。）■**なりぬる**　「なり」はラ行四段動詞の連用形。

深々とたたえられた恋の心

詞書《ことばがき》に見られるように、陽成院《ようぜいいん》が、「釣殿《つりどの》の御子《みこ》」すなわち、光孝《こうこう》天皇（15番の作者）の第三皇女綏子《すいし》内親王に贈った歌である。峰《みね》からしたたり落ちる滴《しずく》が細い水脈となり、やがて川となって、気がついたときには深い淵になっていたという。そのように、自分の恋も積もり積もって、今や淵のように深々と湛《たた》えられている、という歌である。これに似た歌として、古来『万葉集』の次の歌が指摘されている。

筑波嶺《つくばね》の岩もとどろに落つる水世にもたゆらにわが思はなくに　（『万葉集』巻十四・三三九二・東歌《あずまうた》）

ただし、陽成院がこの歌を知っていたかどうかは、さだかではない。「釣殿《つりどの》の御子《みこ》」綏子《すいし》内親王は、のちに陽成院の妃《きさき》となったが、院より二十四年も早く、延長三（九二五）年に没したという。◈

14

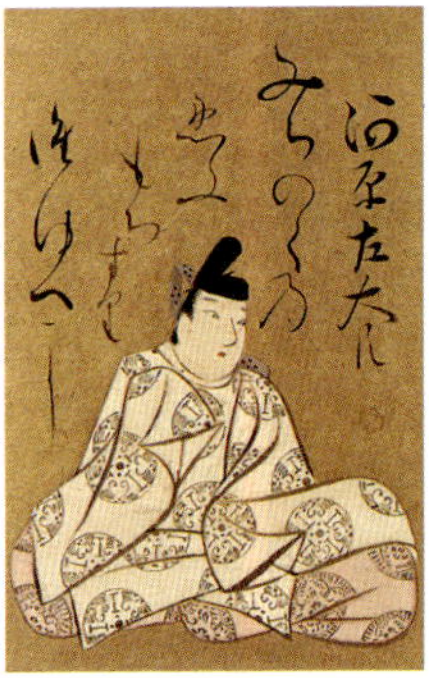

河原左大臣 [822-895] 源融《みなもとのとおる》。平安初期の公卿。嵯峨天皇の皇子。源の姓を与えられて臣籍に降り、左大臣に至った。豪邸河原院《かわらのいん》を営んだので河原左大臣と呼ばれる。宇治の別荘はのちに平等院となった。

河原左大臣【かわらのさだいじん】

陸奥《みちのく》のしのぶもぢずりたれゆゑに
乱《みだ》れそめにしわれならなくに

◇古今和歌集　巻十四・恋四・七二四　詞書「題しらず」

◉陸奥《みちのく》名産の信夫《しのぶ》もじ摺《ず》りが乱れているように、あなた以外の誰《だれ》のせいで心が乱れはじめたわたしではないのに。他《ほか》ならぬあなたのために心乱れているのです。

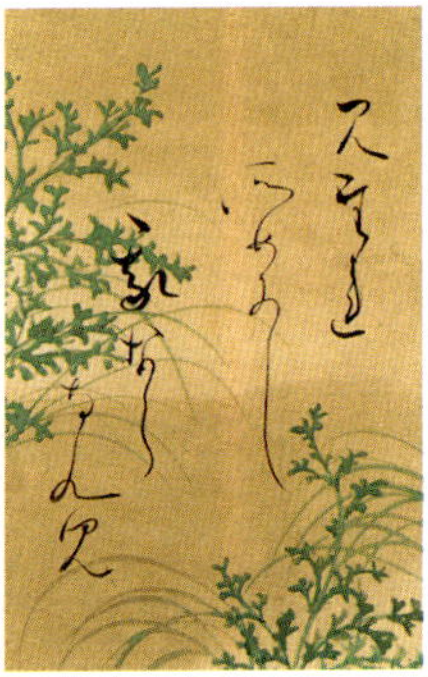

■**陸奥**　現在の東北地方東半部。■**しのぶもぢずり**　奥州産の摺《す》り模様の布のこと。忍ぶ草で摺《す》り染めたからとも、信夫《しのぶ》の郡《こおり》の産だからともいう。その模様の乱れていることから、「乱れ」を導き出す。■**乱れそめにし**　『伊《い》勢《せ》物語』や『百人一首』の別系統の写本《しゃほん》では「乱れそめにし」の形になるが、古今集では「乱れむとおもふ」の形になる。■**われならなくに**　わたしではないことなのに。「なら」は断定の助動詞「なり」の未然形。「なく」は、打消の助動詞「ず」の連体形「ぬ」に接尾語「あく」がついて母音が変化した形。「あく」がついた語は体言化する。このような語法をク語法という。「に」は「〜のに」と逆接確定条件を表す接続助詞。

陸奥《みちのく》の風情に寄せる恋

『古今集』のほか、『伊勢物語』の初段にも見える広く知られた歌である。一首は、初句「陸奥《みちのく》の」から同国の地名「信夫《しのぶ》」を起こし、さらに「信夫《しのぶ》もぢずり」と続き、ここまでが、「たれゆゑに」をとびこえて「乱れ」にかかる序詞《じょことば》となっている。この序詞は、恋に思い乱れる心模様を具象化するとともに、遠くはるかな陸奥の情緒をも歌の中に持ちこんでいる。陸奥の塩《しお》釜《がま》の風情《ふぜい》を愛して、これを模した庭を邸宅に作らせたという河《か》原《わらの》左大臣《さだいじん》源《みなもとの》融《とおる》に、ふさわしい歌である。

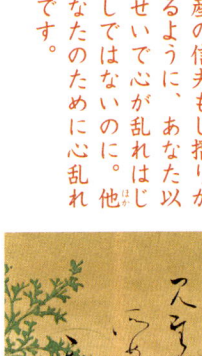

光孝天皇 ［830–887］ 第五八代の天皇。仁明《にんみょう》天皇の第三皇子。小《こ》松《まつ》の帝《みかど》とも称せられる。元慶《がんぎょう》八（八八四）年、陽成《ようぜい》天皇を廃した藤原基経《もとつね》に擁立されて即位した。

15

光孝天皇【こうこうてんのう】

君《きみ》がため春の野に出《い》でて若菜《わかな》摘《つ》む　わが衣手《ころもで》に雪は降りつつ

◇古今和歌集　巻一・春上・二一　詞書「仁和《にんな》の帝《みかど》親王におましましける時に、人に若菜たまひける御歌」

◉あなたにさしあげようと、早春の野辺《のべ》に出て若菜を摘むわたしの袖《そで》に、雪はしきりに降りかかっていました。

■**若菜**　早春の野に生える若草のうち食用になるもの。これを食べると邪気を払い病気を除くとされた。■**わが衣手**　「衣手」は着物の袖《そで》のこと。■**雪は降りつつ**　「つつ」は反復継続の接続助詞。この雪は春になってから降る淡雪《あわゆき》である。

手づから摘んだ若菜――早春の香気

『古今集』の詞書《ことばがき》によれば、光孝《こうこう》天皇が即位する以前の早春、人に若菜を贈った時の歌である。人に物を贈るとき、それにふさわしい歌を添えるのが当時の習慣であった。この歌も、「あなたのために、私自身が野に出て摘みとった若菜です。どうぞご賞味下さい。」という挨拶《あいさつ》の意をこめたものである。もとより、親王その人が野に出て摘んだわけではなかったろうが、若菜とともに、早春の野の香気や贈る人の厚情が届く歌であるといえよう。贈られた「人」が誰であるかは不明で、古来、親交の深かった藤原基経《ふじわらのもとつね》であるとも、寵愛《ちょうあい》の女性であるとも考えられている。後者であるとすれば、細やかな愛情のこもった歌である。

「若菜」は、春の訪れを知らせる景物で、『古今集』にも、

春日野《かすがの》の飛火《とぶひ》の野守《のもり》出でて見よいまいく日《か》ありて若菜摘みてむ
（『古今集』春上・一八　読人しらず）

のような歌がある。また『万葉集』の、

君がため山田の沢にゑぐつむと雪消《ゆきげ》の水に裳《も》の裾《すそ》ぬれぬ
（『万葉集』巻十・一八三九）

にも、この歌の表現に通うものがあろう。

16

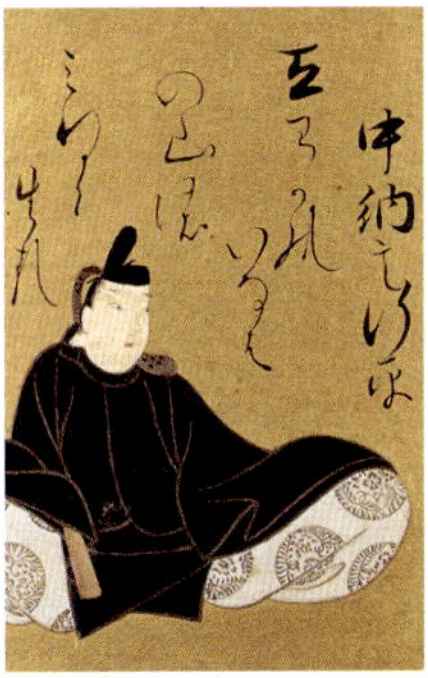

中納言行平　[818-893] 在原《ありわらの》行平。平安初期の歌人。平城《へいぜい》天皇の皇子阿保《あぼ》親王の息子。業平《なりひら》（17番の作者）の兄。須磨《すま》へ流されたことは、謡曲「松風」をはじめ、浄瑠璃・歌舞伎などの題材となる。

中納言行平【ちゅうなごんゆきひら】

立ち別れいなばの山の峰《みね》に生《お》ふる
まつとし聞かば今帰り来《こ》む

◇古今和歌集　巻八・離別・三六五　詞書「題しらず」

◉あなたにお別れして因幡国《いなばのくに》に行ってしまっても、その国の稲羽山の峰《みね》に生《は》えている松、その松のようにわたしのことを待っていると聞いたならば、すぐにでも帰って来ましょう。

■**いなばの山の**　「いなばの山」は因幡《いなば》（鳥取県）の稲羽山《いなばやま》。あるいは一般的に因幡《いなば》の国の山のことともいう。「往《い》なば」（ナ変動詞「往《い》ぬ」の未然形に仮定を表す接続助詞「ば」がついた形）との掛詞《かけことば》。■**まつとし聞かば**　「まつ」は「松」と「待つ」の掛詞。「し」は強意の副助詞。■**今帰り来む**　「今」は、すぐに、じきに、の副詞。「来《こ》」はカ変動詞の未然形。「む」は意志の助動詞の終止形。

再会を誓う――「松」と「待つ」の掛詞《かけことば》

行平《ゆきひら》が因幡守《いなばのかみ》になったのは、斉衡《さいこう》二（八五五）年のことである。この歌は、赴任《ふにん》する際見送りの人々の前で詠《よ》んだ別れの挨《あい》拶《さつ》と考えられている。一首は、「往《い》なば」と「稲羽《いなば》」、「待つ」と「松」の二つの掛詞《かけことば》を用い、「立ち別れ往なば」と続いたあと、「稲羽（あるいは因幡）の山の峰に生ふる松」という任国因幡の景物を詠《よ》みこみ、さらに「まつとし聞かば…」と自《みずか》らの心情を歌いつぐ形になっている。遠国赴任に際し、やがて帰来し再会するという願いを詠じた歌である。謡曲《ようきょく》「松風《まつかぜ》」で、この歌が効果的に用いられている。

シテ ツレ 立ち別れ。シテ いなばの山の峰に生ふる、待つとし聞かば、いま帰り来《こ》ん。シテ それは因幡の、遠山松、地 これは懐かし、君ここに、須磨《すま》の浦曲《うらわ》の、松の行平《ゆきひら》、立ち帰り来《こ》ば、われも木陰《こかげ》に、いざ立ち寄りて、磯馴《そな》れ松の、懐《なつ》かしや。

在原業平朝臣　[825-880]　平安初期の歌人。阿保《あぼ》親王の第五子。行平（16番の作者）の弟。左近衛権中将従四位上に至り、「在五《ざいご》中将」と称された。『伊勢《いせ》物語』の主人公とされる。六歌仙・三十六歌仙の一人。

17

在原業平朝臣【ありわらのなりひらのあそん】

ちはやぶる神代《かみよ》も聞かず竜田川《たつたがは》
からくれなゐに水くくるとは

◇古今和歌集　巻五・秋下・二九四　詞書「二条の后《きさき》の春宮《とうぐう》の御息所《みやすどころ》と申しける時に、御屏風《おんびょうぶ》に竜田川にもみぢ流れたるかたをかけりけるを題にてよめる」

◉いろいろな不思議なことがあったという神代にも聞いたことがないよ。竜田川《たつたがわ》の水をこのようにからくれないにくくり染《ぞ》めにするということは。

■**ちはやぶる**　「神」にかかる枕詞《まくらことば》。■**神代《かみよ》も聞かず**　人の世はもちろん不思議なことの多かった神々の時代にあっても、の意。「神代」は単に遠い昔の意ではない。■**竜田川**　大和国《やまとのくに》（現在の奈良県）生駒《いこま》郡を流れる川。紅葉《もみじ》の名所。■**からくれなゐ**　大陸から渡来した紅。真紅。■**水くくるとは**　「くくる」は括《くく》り染《ぞ》めにする意。今の絞り染め。川の面を布に見立て、紅葉の流れるさまを「括《くく》り染め」といった。「とは」で「聞かず」に返っていく倒置法である。

絢爛《けんらん》たる紅葉の見立て

『古今集』の詞書《ことばがき》のとおり、屏風《びょうぶ》の絵を見て詠《よ》んだ歌である。屏風・衝立《ついたて》の類には、中国風の唐絵《からえ》が描かれ、漢詩が添えられるのが通例であったが、九世紀半ばから、日本風の大和絵《やまとえ》と和歌に変わりつつあった。この場合も、紅葉の名所竜田川《たつたがわ》を描いた和風の屏風だったのであろう。『伊勢物語』一〇六段では、「昔、男、親王《みこ》たちの逍遥したまふ所にまうでて、竜田川のほとりにて」詠んだと語られている。

この歌は、在原業平《ありわらのなりひら》の数々の歌の中で、必ずしも代表作とはいいがたい。しかし、水面に紅葉の流れゆく図柄を「くくり染め」と一言でとらえ、二句切れ・倒置法で詠んだ手法は、華麗《かれい》、かつ大胆であり、『百人一首』の中でも印象的な一首であろう。

竜田川

奈良県北西部、生駒《いこま》山地の東側を南流し、斑鳩《いかるが》町で大《やま》和《と》川に合流する。古くから紅葉の名所として知られる。

18

藤原敏行朝臣【ふじわらのとしゆきのあそん】

住《すみ》の江《え》の岸に寄る波よるさへや
夢の通《かよ》ひ路《ぢ》人目《ひとめ》よくらむ

◇古今和歌集　巻十二・恋二・五五九　詞書「寛平御時后宮の歌合の歌《かんぴょうのおおんときさいのみやのうたあわせのうた》」

◉住の江の岸辺に寄る波、その「寄る」ではないが、あの人は、夜に見る夢の中の通い路までも、人目を避けて、逢ってくださらないのだろうか。

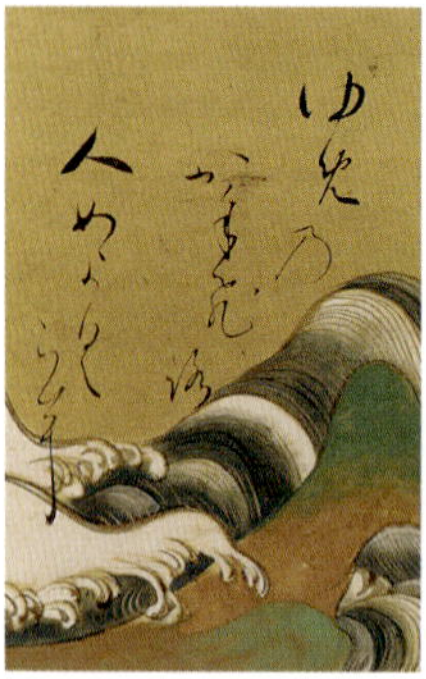

藤原敏行朝臣　［?-901?］平安前期の歌人。陸奥出羽按察使《あぜち》富士麿《じまろ》の息子。能筆で、また好色であったという説話が伝えられている。書家としては後世空海《くうかい》と並称された。三十六歌仙の一人。

■**住の江**　摂津国《せっつのくに》（今の大阪府）の歌枕《うたまくら》。大阪市住之江《すみのえ》区を中心とする一帯。岸辺の松原が有名であった。■**よるさへや**　「さへ」は添加の意の副助詞。昼はいうまでもなく、人に見とがめられる心配のない夜までも、の意。■**夢の通ひ路**　夢の中で逢いに行く道。■**人目よくらむ**　「人目」は周囲の人の見る目。「よく」は下二段動詞の終止形。避ける、憚《はばか》るの意。「らむ」は、理由・原因推量の意の助動詞。恋人が夢にも現れない理由を考えている。

夢の中でも逢えない人――寄せては返す波

女の立場に身を置いて、「忍ぶ恋」の嘆きを詠んだ歌である。上二句の「住《すみ》の江の岸に寄る波」は、同音で「夜」を導き出す序詞《じょことば》であるが、美しい住江《すみのえ》の岸に寄せては返す波の無限の繰り返しには、恋の物思いのイメージも見てとられよう。現実にはさまざまな障害があってなかなか逢うことができない、せめて夜の夢の中では逢いたいものなのに、それさえもかなわない、という苦しい恋の思いが、なめらかな調べにのせて歌われている。

夢においてさえ逢えないことを嘆く歌には他に次のようなものがある。

直《ただ》に逢《あ》はずあるは諾《うべ》なり夢にだに何しか人の言の繁《しげ》けむ
（『万葉集』巻十二・二八四八）

うつつにはさもこそあらめ夢にさへ人めをよくと見るがわびしさ
（『古今集』恋三・六五六　小野小町《おののこまち》）

古人には、相手が自分を思ってくれればその姿が夢に現れる、という考え方があった。夢に現れないのは、相手の愛が不足している証拠ともなり、嘆きはいっそう深まるのである。

19

伊勢【いせ】

難波潟《なにはがた》短《みじか》き蘆《あし》のふしの間《ま》も
逢《あ》はでこの世を過ぐしてよとや

◇新古今和歌集　巻十一・恋一・一〇四九　詞書「題しらず」

◉難波潟《なにはがた》に生えている蘆《あし》の短い節《ふし》と節との間—そのように短い時の間もお逢《あ》いしないでこの世を過ごせと、あなたはおっしゃるのですか。

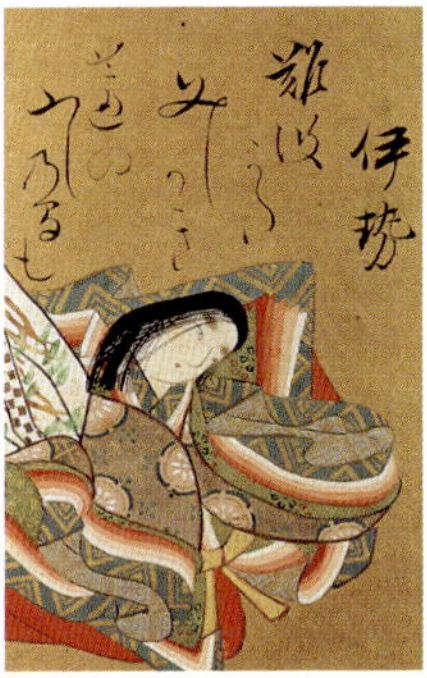

伊勢　［生没年未詳］平安前期の歌人。大和守《やまとのかみ》・伊勢守藤原継蔭《つぐかげ》の娘。宇多天皇の后《きさき》藤原温子《おんし》（七条后）のもとに出仕した。温子の弟仲平《なかひら》との恋に破れたのち、宇多《うだ》天皇に愛されて皇子を生んだ。三十六歌仙の一人。

■**難波潟《なにわがた》**　今の大阪湾の一部。蘆《あし》の名所であった。■**短き蘆のふしの間**　「短き」は「ふしの間」にかかる。蘆の節と節のあいだはつまっていて短い。アシはイネ科の多年草で「芦」「葦」とも書く。茎は中空で葭簀《よしず》の材となる。■**逢《あ》はでこの世を**　「で」は、未然形に接続する打消の接続助詞。「ずて」のつまった語。「世」には芦《あし》や竹の節と節の間をいう「よ」を掛ける。「芦」「節」「よ」は縁語《えんご》。■**過ぐしてよとや**　「てよ」は完了の助動詞「つ」の命令形。「とや」は引用の格助詞「と」と疑問の係助詞「や」。

熱情を歌う女歌

「難波潟短き蘆《あし》の」は、「ふしの間も」を起こす序詞《じょことば》である。初句の難波潟から水辺の蘆《あし》へ、さらにその短い節の間へと、視点が次第に絞《しぼ》られ、微細なものに移っていき、この三句めまでが、「ほんの短い時の間」の比喩《ひゆ》となっている。また「水辺の蘆《あし》」の姿には、女性の姿態のイメージも重ねることができよう。このような上三句を受ける下二句は、一転して激しく、「逢はでこの世を過ぐしてよとや」と、男に情熱的に訴えかける趣となっている。花山院《かざんいん》の、

津《つ》の国のながらふべくもあらぬかなみじかき蘆《あし》の世にこそありけれ
（『新古今集』雑下・一八四八）

という歌は、この伊勢《いせ》の歌の比較的早い時期における影響作であろう。

20

元良親王　[890-943]　陽成院《ようぜいいん》（13番の作者）の第一皇子。三品兵部卿《ひょうぶきょう》に至る。当代随一の色好みとして『大和物語』などに数々の逸話を残す。

元良親王【もとよししんのう】

わびぬれば今《いま》はたおなじ難波《なには》なる
みをつくしても逢《あ》はむとぞ思ふ

◇後撰和歌集　巻十三・恋五・九六〇　詞書「事いできてのちに京極《きょうごく》御《み》息所《やすどころ》につかはしける」（『拾遺和歌集』巻十二・恋二・七六六にも入集する。）

◉恋心に堪《た》えかねた今となってはもう同じこと、難波《なにわ》にある澪標《みおつくし》のように、この身を尽くし破滅させてでもあなたに逢おうと思います。

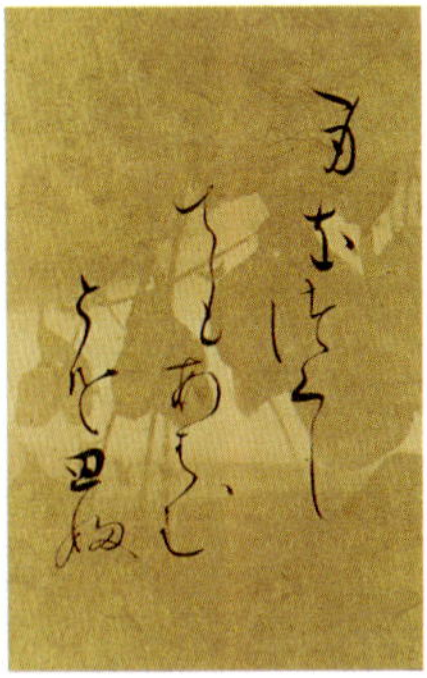

■**わびぬれば**　「わび」は上二段動詞の連用形。「ぬれ」は完了の助動詞「ぬ」の已然形。「ば」は確定条件を表す接続助詞。■**今はたおなじ**　「はた」は「どう思ってもやはり」の意の副詞。■**難波なる**　難波にある。■**みをつくしても**　「みをつくし」は「澪標《みをつくし》」（航海する船々に水脈を知らせる標識）と、「身を尽くし」（身を破滅させる）の掛詞《かけことば》。■**逢はむとぞ思ふ**　「む」は意志の助動詞。「思ふ」は「ぞ」の結びで連体形。

身を尽くす恋――激情の恋歌

『後撰《ごせん》集』の詞書《ことばがき》に見える「京極《きょうごく》の御息所《みやすどころ》」とは、左大臣時《とき》平《ひら》の娘褒子《ほうし》で、父時平《ときひら》が醍醐《だいご》天皇に入内《じゅだい》させようと考えていたのに、宇多上皇《うだじょうこう》が「これは老法師賜りぬ」と言って横取りし、女御《にょうご》にしてしまったと伝えられる女性である。上皇の寵愛をうけ、三皇子を生んでいる。志賀寺《しがでら》の上人《しょうにん》に恋されたという説話も残っている。そのような魅力的な貴婦人と、風流好色の貴公子として知られる元良《もとよし》親王の恋において詠まれたのが、この歌である。「事いできてのち」とは、二人の恋愛がすでに露顕してしまった後、の意である。

解釈上問題になるのは、第二句「今はたおなじ」で、何と何が同じなのか諸説がある。ここでは、逢《あ》っても逢わなくても身の破滅は同じこと、という意にとった。逢えば、世間の人々に糾弾され、身のおきどころもなくなるだろう、しかし逢わずにいたら、恋いこがれて死んでしまう、同じことなら身を尽くしてでも逢おう、というのである。身の破滅をも辞さない情熱的な恋歌である。

21

素性法師［生没年未詳］俗名は良岑玄利《よしみねのはるとし》。遍昭《へんじょう》（良岑宗貞《よしみねのむねさだ》・12番の作者）の在俗時の息子。父の命で出家。歌風は技巧的、理知的で『古今集』の代表的歌人。三十六歌仙の一人。

素性法師【そせいほうし】

今《いま》来《こ》むといひしばかりに長月《ながつき》の
有明《ありあけ》の月を待ち出《い》でつるかな

◇古今和歌集　巻十四・恋四・六九一　詞書「題しらず」

◉あなたが「すぐ行くよ」と言ったばかりに、今か今かと待ち続けて、九月の有明《ありあけ》の月が出るまで待ち通してしまいました。

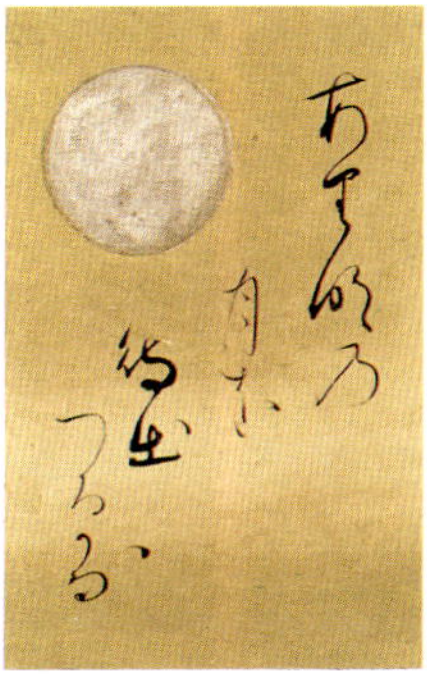

■今来む　「今」は、すぐに、じきに。「すぐ行こう」という恋人の言葉である。使いなどに託して恋人が伝言してきたという状況が想定される。**■長月**　陰暦九月。**■有明の月**　夜が明けてからも空に残る月。特に、月の出の遅い陰暦二十日以後の月についていうことが多い。**■待ち出でつるかな**　恋人の来訪を待っている間に、待ちもしない月の出に逢ってしまった、という気持ち。「つる」は完了の助動詞「つ」の連体形。「かな」は詠嘆の終助詞。

来ぬ人を待つ女——有明の月が出るまで

作者素性法師《そせいほうし》は男性であるが、女の立場に身をかえて詠じた「待つ恋」の歌である。この当時は、男性が女性のもとに通う「通い婚《かよいこん》」が普通で、女性はつねに待つ側にあった。一首は、「すぐ行くよ」という一言に期待をかけて待ちつづけるうちに、さしもの晩秋（陰暦九月）の長夜も白みはじめ、待ち人ならぬ有明の月に逢ってしまった、との意で、期待と焦燥に胸をこがしつつ一夜を明かした女の心が、巧みに表現されている。待つ恋のあわれさの中にも、「恋人ならぬ月に逢ってしまった」という機知的おかしみが含まれている。これとは別に、秋三か月の間不実な男を待ちつづけ、とうとう九月の有明の月の出る季節になってしまった、と解する説もあるが、一言を頼りに「今か、今か」と待つ心の動きは、一夜に凝縮してとらえた方が、より生彩を帯びるのではないか。

竹久夢二《たけひさゆめじ》（一八八四―一九三四）の「待てどくらせど来ぬ人を　宵待草《よいまちぐさ》のやるせなさ　今宵《こよい》は月も出ぬさうな」は、この歌の本歌取《ほんかど》りではないかと思われる。

22

文屋康秀　［生没年未詳］平安初期の歌人。朝康《あさやす》（37番の作者）の父。文琳《ぶんりん》とも称した。二条后藤原高子《たかいこ》（13番の作者陽成院の母）のもとに出入りしていた。小野小町《おののこまち》とも交際があったと伝えられる。六歌仙の一人。

文屋康秀【ふんやのやすひで】

吹くからに秋の草木《くさき》のしをるれば
むべ山風《やまかぜ》をあらしといふらむ

◇古今和歌集　巻五・秋下・二四九　詞書「是貞親王《これさだのみこ》の家の歌合《うたあわせ》の歌」

◉吹きおろすとすぐさま秋の草木が凋《しお》れてしまうので、なるほど山風のことを嵐《あらし》というのであろう。

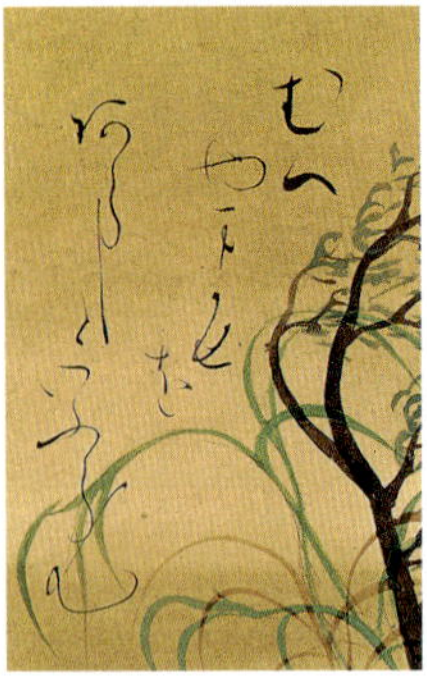

■**吹くからに**　吹くとすぐ。「〜からに」は接続助詞。「〜とすぐ」「〜とたんに」の意。■**しをるれば**　「しをるれ」は下二段動詞「しをる」の已然形。■**むべ**　「なるほど」と肯定する意味の副詞。「うべ」に同じ。■**山風をあらしといふらむ**　「山風」は山から吹きおろす風。「あらし」は「嵐《あらし》」と「荒《あら》し」の掛詞《かけことば》。「らむ」は理由を推量する助動詞。

「山」と「風」は「嵐」――字の謎遊び

吹きおろす山風で、秋の草木が枯れしおれていくことをとらえた歌だが、下句に趣向が凝らされている。「山風をあらしといふらむ」は、「山」と「風」の二字を組み合せると「嵐」という一字となる点に注目したもの。さらに、その「嵐」に山風の吹きすさぶ様子を形容する「荒し」という言葉を掛けている。このような字の謎遊びを、中国では痩語《そうご》とか痩辞《そうじ》などといった。『古今集』冬にも、同様の趣向をもった、紀友則《きのとものり》の歌がある。

雪降れば木毎《きごと》に花ぞ咲きにけるいづれを梅《うめ》とわきて折らまし

（『古今集』冬・三三七）

「木」と「毎」を組み合せると「梅」になるという酒落《しゃれ》である。なお、『古今集』の伝本の中には、この歌を「文屋康秀《ふんやのやすひで》」ではなく息子の「朝康《あさやす》」の作とするものがある。この伝えが正しいとするなら、百人一首中には、朝康の歌が二首撰入されたことになる。

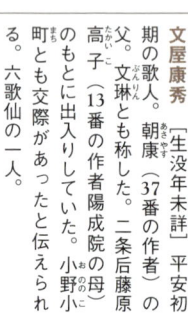

23

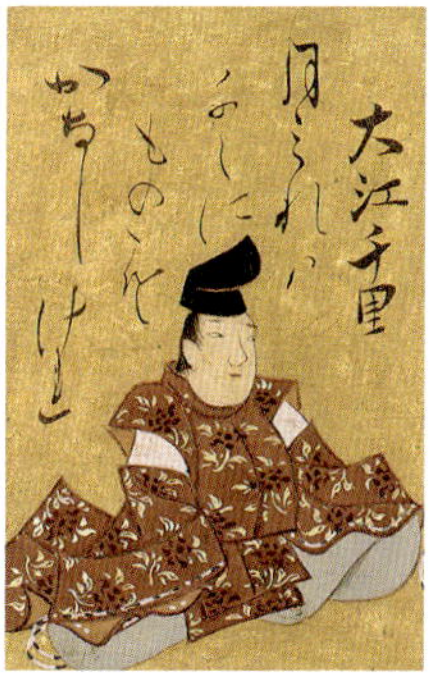

大江千里　［生没年未詳］平安前期の歌人。参議《さんぎ》音人《おとんど》の息子。宇多天皇の命により、『白氏文集』など唐代詩人の詩句を題とした『句題和歌（大江千里集）』を撰進。中古三十六歌仙の一人。

大江千里【おおえのちさと】

月見ればちぢにものこそ悲しけれ　わが身ひとつの秋にはあらねど

◇古今和歌集　巻四・秋上・一九三　詞書「是貞親王《これさだのみこ》の家の歌合《うたあわせ》によめる」

◉月を見ると心も千々《ちぢ》に乱れて物悲しいよ。私一人のために訪れた秋というわけでもないのに。

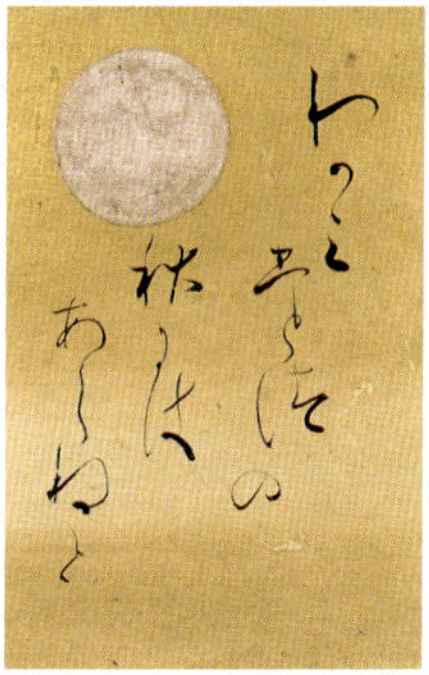

■**ちぢに**　あれこれとさまざまに。形容動詞「千々なり」の連用形。下句の「ひとつ」と数の対を形成する。■**ものこそ悲しけれ**　「悲しけれ」は形容詞「悲し」の已然形。係助詞「こそ」の結びである。■**わが身ひとつの秋にはあらねど**　「ね」は打消の助動詞「ず」の已然形。私一人の秋ではないけれど、「そのように思われる」といった内容が省かれた、言いさした形で終わっている。

悲愁の秋—漢詩文の影響

この歌は、『白氏文集《はくしもんじゅう》』中の「燕子楼《えんしろう》三首」の第一首めの「燕子楼の中霜月の夜、秋来たりてただ一人のために長し」を踏まえたものとする説がある。この詩は、徐州《じょしゅう》の刺史《しし》（県知事）であった張氏《ちょうし》の愛人盼盼《はんはん》が、張氏の死後もその愛情を忘れず、燕子楼という邸にわびしく住んでいた心情を詠じたもの。引用した箇所は、燕子楼にも秋が訪れ、月光がさしこみ霜の置く夜一夜、まんじりともせず悲哀の情をかみしめる盼盼《はんはん》を詠じている。千里《ちさと》が、この詩に影響された可能性は大きいだろう。

秋を悲愁の季節とする感覚は、さかのぼれば中国に由来するものであるが、和歌の世界では『古今集』において鮮明になった。『古今集』秋上には、

おほかたの秋くるからにわが身こそ悲しきものと思ひ知りぬれ　（一八五　読人知らず）

などの類想の歌が見える。

菅家 [845-903] 菅原道真《すがわらのみちざね》。平安初期の公卿・学者。右大臣に至ったが、左大臣藤原時平《ときひら》の讒言《ざんげん》により、大宰権帥《だざいのごんのそち》に左遷され、大宰府《だざいふ》において没した。学問・書・詩文にすぐれ、後世、天神としてあがめられる。

24

菅家【かんけ】

このたびは幣《ぬさ》も取りあへず手向山《たむけやま》
紅葉《もみぢ》の錦《にしき》神のまにまに

◇古今和歌集　巻九・羇旅《きりょ》・四二〇　詞書「朱雀院《すざくいん》の奈良におはしましける時に、手向山《たむけやま》にてよみける」

◉このたびの旅は急なことでしたので、幣帛《へいはく》の用意もできませんでした。手向山《たむけやま》の神よ、この錦のように美しい紅葉を御心のままにお納めください。

■**このたびは**　「たび」は「度《たび》」と「旅」の掛詞《かけことば》。■**幣《ぬさ》**　神に祈る際の捧《ささ》げ物。布や紙を小さく切って作る。■**手向山《たむけやま》**　道中の安全を祈って峠の神に幣を供える山の意で普通名詞。道真が詠じた「手向山」がどこにあたるかは不明。奈良の東大寺の東に手向《たむけ》山神社があり、ここをこの歌が詠まれた手向山だとする伝承がある。■**神のまにまに**　「まにまに」は「～のままに」「随意に」の意。「まにま」ともいう。

全山の紅葉を神に捧ぐ

『古今集』の詞書に見える、朱雀院《すざくいん》（宇多《うだ》上皇のこと。朱雀院を邸としたことからこう呼ばれる）の「奈良におはしましける時」とは、昌泰《しょうたい》元（八九八）年十月の宮滝《みやたき》への御幸《ごこう》をさす。この遊覧の旅に道真《みちざね》も供奉《ぐぶ》し、『宮滝御幸記《みやたきごこうき》』という記録を記し、和歌・漢詩の作品も残している。

紅葉《もみじ》を錦《にしき》にたとえるのは、平安時代の和歌の常套《じょうとう》的な表現であるが、幣《ぬさ》として神に捧げるという着想には独特なものがあろう。全山を彩る華麗な紅葉の錦を、そのまま天然自然の幣として神にご嘉納《かのう》いただこう、という気宇壮大な歌である。紀貫之《きのつらゆき》の一首、

秋の山紅葉をぬさと手向くればすむ我さへぞ旅心地する
（『古今集』秋下・二九九）

は、道真の歌を知って詠まれたものであろうか。道真が左遷されるのは、この御幸《ごこう》からわずか三年後のことであった。

25

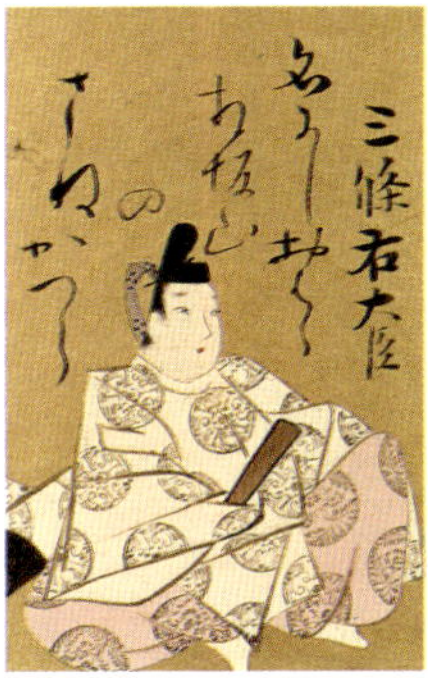

三条右大臣【さんじょうのうだいじん】

名にし負《お》はば逢坂山《あふさかやま》のさねかづら人に知られで来るよしもがな

◇後撰和歌集　巻十一・恋三・七〇〇　詞書「女につかはしける」

◉逢坂山《おうさかやま》のさねかずら、これが「逢う」「さ寝《ね》」という名前を持っているのならば、そのさねかずらを手繰《たぐ》るように、他の人に知られないであなたのもとに訪ねて来る手だてがほしいものです。

三条右大臣　[873–932]　藤原定《さだ》方《かた》。平安前期の歌人。内大臣高藤《たかふじ》の子。延長二（九二四）年右大臣、同四年従二位に至った。邸宅が三条にあったため三条右大臣と呼ばれた。

■**名にし負はば**　名として負い持っているならば。「し」は強めの副助詞。■**逢坂《おうさか》山**　山城国《やましろのくに》（京都）と近江国《おうみのくに》（滋賀県）の境の山。近江国の側に、「逢坂の関」がある。恋人に逢《あ》う、の意で歌に詠まれる歌枕《うたまくら》。■**さねかづら**　モクレン科の常緑の蔓《つる》状をなす低木。今の「ビナンカズラ」。初夏、淡黄色の花を咲かせ、のち赤い実をつける。「さ寝《ね》」（「さ」は接頭語。共寝）を掛けている。■**来るよしもがな**　「くる」は「来る」に、かづらの縁語「繰《く》る」を掛ける。「よし」は方法・手段。「もがな」は願望の意を表す終助詞。

「さねかずら」に付けた恋の歌

平安時代、人に歌を贈る時には、折節《おりふし》にかなう草花や木などに添えるのがエチケットであった。これは、さねかずらに付けて贈った歌なのだろう。一首は、「逢坂山《おうさかやま》」、「さねかずら」という山の名、植物の名から、それぞれ「逢《あ》ふ」「さ寝《ね》」ということばを導き出し、さらに「来る」と「さねかずら」の縁語《えんご》の「繰る」が掛詞《かけことば》になる、という趣向に富んだものである。一つのことばが次のことばを呼びおこしていくような、連なりのおもしろさがある。「名にし負はば」という初句を持つ歌には、『古今集』や『伊勢物語《いせものがたり》』で有名な、在原業平《ありわらのなりひら》の次のような歌がある。

名にし負はばいざ言問《こと と》はむ都鳥わが思ふ人はありやなしやと

（『古今集』羇旅・四一一　在原業平）

26

貞信公【ていしんこう】

小《を》倉《ぐら》山《やま》峰《みね》の紅葉《もみぢ》葉《ば》心あらば
いまひとたびのみゆき待たなむ

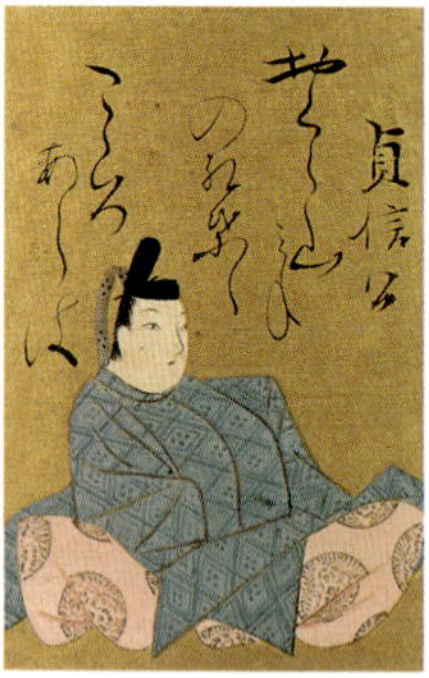

貞信公 [880–949] 藤原忠平《ただひら》。平安前期の公卿《くぎょう》。貞信公は諡《おくりな》。関白基経《もとつね》の子。伊尹《これまさ》（45番の作者）の曽祖父、義孝《よしたか》（50番の作者）の曽祖父になる。摂政関白太政大臣従一位に至る。温厚で勤勉なため人望があった。小一条殿《こいちじょうどの》と号した。

◇拾遺和歌集　巻十七・雑秋・一一二八　詞書「亭子院《ていじのいん》大井川に御幸《ごこう》ありて、行幸《みゆき》もありぬべき所なりと仰せたまふに、事の由奏せむと申して」

◉小倉《おぐら》山の峰の紅葉よ、もしもそなたに心があるならば、このまま散らないで、もう一度の天皇の行幸《みゆき》を待っていておくれ。

■**小倉山**　山城国《やましろのくに》の歌枕。京都市右京区嵯峨《さが》にある山。この歌などから紅葉を組み合せて歌うことが多い。「小暗《おぐら》し」というイメージを伴った歌い方もなされる。■**みゆき待たなむ**　「みゆき」は、天皇の行幸《ぎょうこう》。上皇・法皇の場合は御幸《ごこう》という。（訓読みすれば双方ともに「みゆき」）「待たなむ」は、待ってほしい。「なむ」は他者にあつらえ望む意の終助詞。

小倉山の紅葉――行幸を待つ山川

『拾遺集《しゅうい》』の詞書に見える、亭子院《ていじのいん》（宇多《うだ》上皇。24番の歌の詞書に見える朱雀院《すざくいん》の別称）の大井川《おおいがわ》御幸《ごこう》とは、一般に延喜《えんぎ》七（九〇七）年九月十日のことと考えられている。宇多上皇が大井川に御幸し、その美景に感動して、「今上帝《きんじょう》である我が子（醍醐《だいご》天皇）にもぜひ見せたいものだ」と仰せられた。その言葉を、供奉《ぐぶ》していた忠平《ただひら》が耳にして、「ことの次第を帝《みかど》に奏上しましょう」と申し上げ、小倉山の紅葉にむかって詠みかけたのがこの歌である。このことは『大和物語』九十九段や『大鏡』巻六・昔物語にも語られている。『大和物語』では第二句を「峰のもみぢし」、『大鏡』の古本では初句を「大原山」、第二句を「もみぢの色も」と伝えている。あるいは、後日小倉山の紅葉の枝などに添えて、この歌が帝に奏上されたのかもしれない。非情の物である草木に対して「心あらば」と訴えた歌としては、上《かみ》野峰雄《つけのみねお》の次のような例がある。

深草の野辺の桜し心あらば今年ばかりは墨染に咲け

（『古今集』哀傷・八三二）

小倉山

保津《ほづ》川(大堰《おおい》川)をはさんで嵐山と対する山で、付近には天龍寺《てんりゅうじ》・二尊院《にそんいん》・祇王寺《ぎおうじ》などがある。

二尊院

小倉山の麓にある天台宗の寺院。『百人一首』の撰者・藤原定家の山荘がここにあったとも言われる。総門から本堂に至る参道は「紅葉の馬場」と呼ばれる。

27

中納言兼輔【ちゅうなごんかねすけ】

中納言兼輔 [877–933] 藤原兼輔。平安前期の歌人。紫式部《むらさきしきぶ》の曾祖父。従三位中納言まで進み、その邸宅が鴨川《かもがわ》堤にあったので、堤中納言《つつみちゅうなごん》と呼ばれた。紀貫之《きのつらゆき》や凡河内躬恒《おおしこうちのみつね》の庇護《ひご》者的存在であった。三十六歌仙の一人。

みかの原わきて流るるいづみ川《がは》 いつ見きとてか恋しかるらむ

◇新古今和歌集　巻十一・恋一・九九六　詞書「題しらず」

◉みかの原を分けて湧き返り流れる泉川《いずみがわ》ではないが、あの人をいつ見たというのでこんなにも恋しいのだろうか。

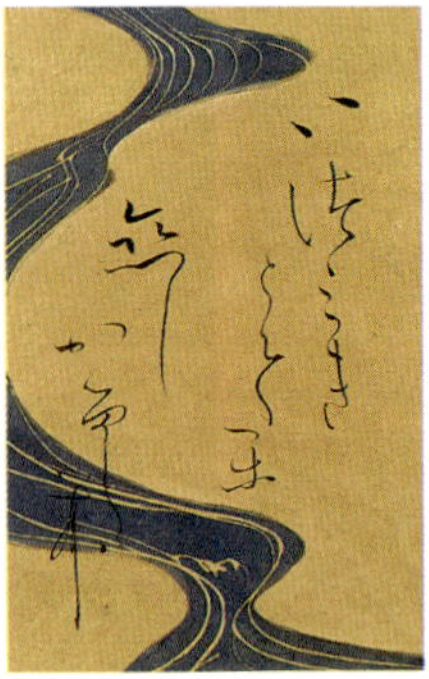

■みかの原　山城国《やましろのくに》の歌枕。京都府相楽郡。「三日原」「三香原」「甕原」などと表記される。天平《てんぴょう》の末年、この地に恭仁京《くにのみやこ》が建設されたが、廃都となった。**■わきて**　「分き」と「湧き」の掛詞《かけことば》。**■いづみ川**　現在の木津川《きつがわ》の、加茂《かも》町から木津町にかけての部分。ここまでが「いつ見」を起こす序詞《じょことば》。**■いつ見きとてか**　いつ見たといってか。「き」は過去の助動詞。

いまだ見ぬ人を恋う

この当時の恋は、いまだ見ぬ人に憧憬《しょうけい》を抱《いだ》くことからはじまる。人伝《づ》てに聞く評判や、歌の筆跡、漏《も》れ聞いた琴《こと》の音などによって、見ぬ人の姿を思い、恋心を育てていくのである。この歌の下句「いつ見きとてか恋しかるらむ」は、気がつくと、逢《あ》ったこともない人の面影を抱きしめ恋い焦がれているわが心の不思議さを、自《みず》ら問うたものである。「いつ見」を導き出す上三句の序詞《じょことば》は、「みかの原」「いづみ川」の二つの地名を含む。

この二つをともに詠みこんだ歌には、

都出でてけふみかの原泉川《いづみかは》川風さむし衣かせ山
（『古今集』羇旅《きりょ》・四〇八　読人しらず）

がある。みかの原を分けて、湧《わ》き返り流れていくいずみ川の形姿に、募る恋心のイメージを重ねて味わうことができよう。

なお、この歌は『古今六帖《こきんろくじょう》』第三「かは」に見える作者未詳の歌で、現存する『兼輔集』には見出されない。兼輔の作ではない可能性の高い歌である。

28

源宗于朝臣　[？-939]　平安前期の歌人。光孝《こうこう》天皇（15番の作者）の皇子是忠《これただ》親王の子。源の姓を与えられて、臣籍に降り、右京大夫正四位下に至った。三十六歌仙の一人。

源宗于朝臣【みなもとのむねゆきのあそん】

山里《やまざと》は冬ぞ寂《さび》しさまさりける
人目《ひとめ》も草もかれぬと思へば

◇古今和歌集　巻六・冬・三一五　詞書「冬の歌とてよめる」

◉山里は、冬になるとひとしお寂しさがまさって感じられたよ。人の訪れもとだえ、草も枯れてしまうと思うと。

■**山里は**　「は」は他と強く区別する係助詞。■**冬ぞ寂しさまさりける**　「ぞ」は強意の係助詞。「ける」は「ぞ」の結びで連体形になる。■**人目**　人の訪れ、出入りをいう。■**かれぬ**　人が訪れなくなるという意の「離る」に草が「枯る」を掛ける。「ぬ」は完了の助動詞の終止形。

山里の冬の寂寥《せきりょう》

「山里」には、俗世間から離れたわびしい世界のイメージがある。この歌は、山里の冬を詠んだものだが、秋の山里についても、

山里は秋こそことにわびしけれ鹿の鳴く音に目をさましつつ
（『古今集』秋上・二一四　壬生忠岑《みぶのただみね》）

のような歌が見られる。山里とは、いつの季節も、人界から隔たった寂寥《せきりょう》の世界なのである。しかし、寂しいとはいえ、春から秋までは、花も咲き、鳥も鳴き、紅葉も彩りを添えて、それらを愛《め》でる人が訪れることもあるだろう。冬の山里には、人の心をなごませる景物もなく、草も枯れ、人の訪れも途絶えてしまうのである。その後は雪に降りこめられ、

白雪の降りてつもれる山里は住む人さへや思ひ消ゆらむ
（『古今集』冬・三二八　壬生忠岑）

のような、白一色の世界となるのであろう。技巧の面では、「人目も草も」と人事と自然を並列して述べ、「かる（離《か》る・枯《か》る）」という掛詞《かけことば》でこれを受けるところがおもしろい。「枯《か》る」と「離《か》る」の掛詞には次のような例もあげられる。

わが待たぬ年は来ぬれど冬草のかれにし人は訪れもせず
（『古今集』冬・三三八　凡河内躬恒《おおしこうちのみつね》）

凡河内躬恒　［生没年未詳］平安前期の歌人。官位は低かったが、歌人としては紀貫之《きのつらゆき》と並び称され、『古今集』撰者の一人となった。三十六歌仙の一人。

29

凡河内躬恒【おおしこうちのみつね】

心あてに折らばや折らむ初霜《はつしも》の置きまどはせる白菊《しらぎく》の花

◇古今和歌集　巻五・秋下・二七七　詞書「白菊の花をよめる」

◉もし手折るとするなら、あて推量に折ってみようか。初霜がまっ白に置いて、見る者を惑わせている中の白菊の花を。

■**心あてに**　あて推量に。「折らむ」にかかる。■**折らばや折らむ**　「もし折るとするならば折ってみようか」の意。「ば」は未然形に接続する接続助詞で、仮定を示す。「や」は疑問の係助詞。願望の終助詞「ばや」ではない。「折らむ」の「む」は、意志を示す助動詞の連体形。■**置きまどはせる**　初霜が置いて、人を惑わせる、の意。「る」は完了の助動詞「り」の連体形。「〜している」の意。

初霜が演出する白い世界

菊は中国渡来の植物で、『万葉集』には見えず、『古今集』になって和歌に登場してくる。平安時代の歌物語《うたものがたり》の一つ『平中《へいちゅう》（平仲とも記す）物語』には、主人公の男が庭に丹精《たんせい》をこめ、美しい菊をたくさん植えており、そのさまを女たちが見に来たり、貴顕《きけん》に所望されたりする話が見える。現代に置きかえるなら、温室を持ち、洋ランを咲かせているようなものであろうか。

この歌は、白菊の咲く前栽《せんざい》（庭の植えこみ）に初霜がおりた晩秋の景を詠《よ》むのだが、それを単純には歌っていない。白菊の上にさらに白い霜が加わった美しさを、いずれが花か霜か見分け難いほどである、と誇張してとらえ、しかもその見る者を錯乱させるようなさまは、「初霜」の演出によるのだ、と表現している。人は菊を手折ろうとし、霜はそれを妨げている。「心あてに」という初句を持つ有名な歌に、『源氏物語』「夕顔《ゆうがお》」巻の夕顔が光源氏に詠みかけた一首がある。

心あてにそれかとぞ見る白露《しらつゆ》の光そへたる夕顔の花

これは、この躬恒の歌をふまえたものであろう。

30

壬生忠岑　［生没年未詳］平安前期の歌人。忠見（41番の作者）の父。六位摂津権大目《せっつのごんのだいさかん》に至った。『古今集』撰者の一人。歌論書『和歌《わか》体十種《ていじっしゅ》』（『忠岑十体』とも）は、その著とされるが、偽作説もある。三十六歌仙の一人。

壬生忠岑【みぶのただみね】

有明《ありあけ》のつれなく見えし別れより
暁《あかつき》ばかり憂《う》きものはなし

◇古今和歌集　巻十三・恋三・六二五　詞書「題しらず」

◉有明の月が無情に照り、あなたも冷淡なそぶりであった別れからこのかた、暁ほどつらく思われるものはなくなりました。

■**有明の**　有明の月が。「有明の月」は夜更けてから出、夜が明けても西の空に残る頃の月。下弦《かげん》の月である。「の」は主格を示す。■**つれなく**　「つれなし」は、無愛想、そっけないの意。■**暁ばかり**　「あかつき」は夜明け前のまだ暗いころ。一夜の逢瀬《おうせ》のあと、男が帰っていく時刻である。「ばかり」は、程度を示す副助詞。～ぐらい、～ほどの意。■**憂き**　つらい、切ないの意。

来れども逢《あ》はず―無情に照る月

家集『忠岑集《ただみね》』のある伝本には、「ある女に」と詞書が付され、『古今六帖《こきんろくじょう》』では「来れども逢はず」の項目の中に収められている歌である。訪れても、ついに逢ってくれなかった恋人の無情を嘆いた歌と解される。「つれなく見えし」が、月のことを言ったのか、相手の女のことか、月と女双方のことなのか、解釈がわかれるが、ここでは、無情に照る月に女の冷淡さを重ねたものと見ておく。傷心を抱いて帰る男を、そ知らぬ顔で照らす月も、恋人同様に「つれない」ものといえるだろう。その有明の別れからこのかた、暁の時刻になると特に、恋を成就《じょうじゅ》できない我が身のつらさが痛感されるのである。

『百人一首』の撰者藤原定家《ふじわらのていか》は、この歌を評して、「これほどの歌一つよみ出でたらん、この世の思ひ出に侍《はべ》るべし」といい、これを本歌《ほんか》取りした次のような歌を詠んでいる。

五月雨《さみだれ》の月はつれなきみ山よりひとりも出づるほととぎすかな

（『新古今集』夏・二三五　藤原定家）

坂上是則　［生没年未詳］平安前期の歌人。坂上田村麻呂の子孫。『後撰集』の撰者の一人坂上望城《もちき》の父。大和権少掾《やまとのごんのしょうじょう》、大和権掾、大内記《だいないき》などを経て、従五位下加賀《かがの》介《すけ》に至る。三十六歌仙の一人。蹴鞠《けまり》の名手でもあった。

31

坂上是則【さかのうえのこれのり】

朝ぼらけ有明《ありあけ》の月と見るまでに
吉野《よしの》の里に降れる白雪《しらゆき》

◇古今和歌集　巻六・冬・三三二　詞書「大和《やまと》の国にまかれりける時に、雪の降りけるを見てよめる」

◉夜が明け初めるころ、有明の月の光かと見まごうばかりに、吉野の里に降り積もっている白雪よ。

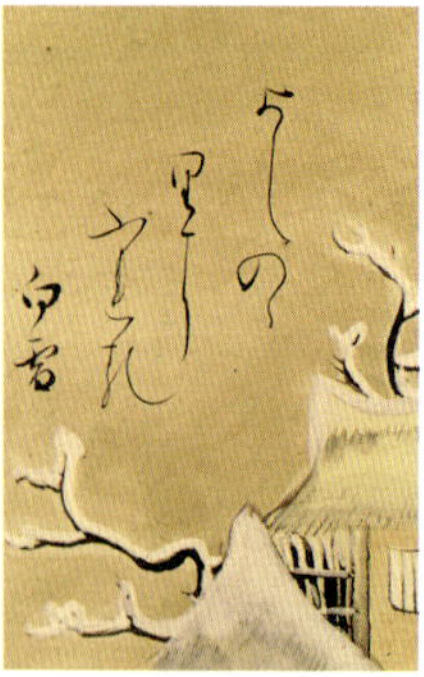

■**朝ぼらけ**　夜がほのぼのと明け、物がほのかに見える状態。春は「曙《あけぼの》」というのに対し、秋・冬に多くこの語を用いるといわれる。「暁《あかつき》」の次の段階。■**有明の月**　夜が明けてからも空に残る月。■**見るまでに**　「まで」は程度を表す副助詞。「に」は格助詞。■**吉野の里**　大和国《やまとのくに》の歌枕。奈良県吉野郡の町村。吉野山の麓《ふもと》の里なので、寒く雪も多いとされる。■**降れる白雪**　「る」は完了の助動詞「り」の連体形。ここは、存続の意を示す。

雪明かりを月と見る――吉野の里の冬

作者坂上是則《さかのうえのこれのり》は、大和権少掾《やまとのごんのしょうじょう》・大和権掾に任ぜられたこともあり、公務を帯びて大和の地を旅することも多かったものと思われる。この歌のほかにも、吉野の雪を詠んだ、

み吉野の山の白雪積もるらしふるさと寒くなりまさるなり
（『古今集』冬・三二五　坂上是則）

のような歌を残している。これらの作が、実際大和権掾の時代に詠まれたかどうかはともあれ、大和下向《げこう》の体験が作歌に影響を与えていることは確かであろう。

この歌は、早朝の吉野の白雪を詠んだものである。白々とした明るさに、有明《ありあけ》の月が出たのかと見たところ、それは薄く降り積もった雪明かりであった、というのである。雪の早朝の、ほの白い明るさとともに、快くさえある寒気まで感じとられる歌である。雪の白さを月光かと見る歌には、紀貫之《きのつらゆき》の、

夜ならば月とぞ見まし我が宿の庭白妙《しろたへ》に降れる白雪
（『拾遺集』冬・二四六　紀貫之）

などもある。

雪の吉野

吉野山は、吉野川のほとりから大峰《おおみね》山《さん》に向けて高まる尾根。吉野神宮・金峯山寺《きんぶせんじ》などがある。

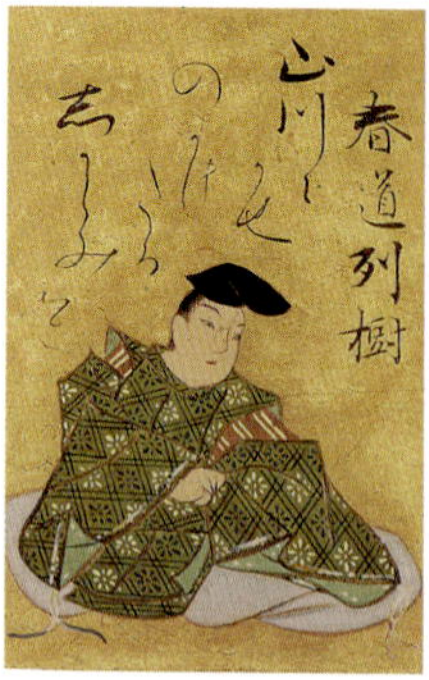

春道列樹　[?-920]　平安前期の歌人。六位、文章生《もんじょうしょう》を経て延喜《えんぎ》二〇（九二〇）年、壱岐守《いきのかみ》に任ぜられたが、任地におもむく以前に没したという。

32

春道列樹【はるみちのつらき】

山川《やまがは》に風のかけたるしがらみは　流れもあへぬ紅葉《もみぢ》なりけり

◇古今和歌集　巻五・秋下・三〇三　詞書「志賀《しが》の山越えにてよめる」

◉山の中の川に風がかけたしがらみ、それは流れようとして流れきれないでいる紅葉であったのだ。

■**山川**　「やまがわ」と濁って読む。山の中を流れる川のこと。■**風のかけたるしがらみ**　風は擬人化されている。「たる」は完了の助動詞「たり」の連体形。ここは存続の意を表す。「しがらみ（柵）」は、流れをせき止めるために杭《くい》を打ち並べ、横に木の枝や竹を架《か》け渡したもの。■**流れもあへぬ**　流れようとして流れることのできない。「あへ」は、下二段動詞「敢《あ》ふ」の未然形。「ぬ」は打消の助動詞「ず」の連体形。「動詞の連用形＋敢へず」で「〜しきれない、〜できない」の意になる。■**紅葉なりけり**　「なり」は断定の助動詞の連用形。「けり」は詠嘆の助動詞の終止形。

「しがらみ」は紅葉なりけり——山川の秋

『古今集』の詞書《ことばがき》に記される「志賀《しが》の山越《やまごえ》」とは、京都の白《しら》川《かわ》（のちの荒神口《こうじんぐち》）から志賀峠を越え近江《おうみ》（滋賀県）の坂本《さかもと》に抜ける山道のことである。この道を行く途次に見た山間《やまあい》の川、その渓流の上に、紅葉が散りつづけていく。散り落ちた紅葉は、流れのままに下流に向かっていくのだが、なかには、岩場に滞り、浅瀬に吹き寄せられなどして、残っているものもある。このような紅葉を、人間ならぬ「風」がかけ渡した「しがらみ」と見たのが、一首の趣向である。これを、上句で謎《なぞ》を掛けて、下句で解いてみせるかのように「…しがらみは…紅葉《もみぢ》なりけり」と歌った点にもおもしろみがある。『百人一首』の撰者藤原定家《ふじわらのていか》は、この歌を本歌取《ほんかど》りして、次のような歌を詠んだ。

木の葉もて風のかけたるしがらみはさてもよどまぬ秋の暮《くれ》かな
（『拾遺愚草《しゅういぐそう》』中・一三五五）

33

紀友則 ［生没年未詳］平安前期の歌人。紀貫之《きのつらゆき》の従兄弟《いとこ》に当たる。宇多《うだ》・醍醐《だいご》両天皇に仕えて大《だい》内記《ないき》に進み、『古今集』の撰者の一人となった。三十六歌仙の一人。

紀友則【きのとものり】

ひさかたの光のどけき春の日に　しづ心《ごころ》なく花の散るらむ

◇古今和歌集　巻二・春下・八四　詞書「桜の花の散るをよめる」

◉大空の日の光がのどかな春の日に、どうして落ちついた心もなく桜の花は散っているのだろうか。

■**ひさかたの**　光・日・月・天《あめ》・空などにかかる枕詞《まくらことば》。■**光のどけき**　陽光のやわらかくうららかなさま。■**しづ心なく**　落ち着いた心もなく。■**花の散るらむ**　「らむ」は原因推量の助動詞。「どうして〜だろう」の意。「静心《しずごころ》なく花の散る」光景を見て、その原因・理由に思いをはせているのである。

光の中の落花

散る桜を惜しむ歌は、王朝和歌に数多く見られるものであった。この歌に似た心を詠んだ歌に、次のようなものがある。

うちはへて春はさばかりのどけきを花の心やなにいそぐらむ
（『後撰集』春下・九二　清原深養父《きよはらのふかやぶ》）

ことならば咲かずやはあらぬ桜花見るわれさへにしづ心なし
（『古今集』春下・八二　紀貫之《きのつらゆき》）

この二首と比べることによって、友則《とものり》の歌の特徴が明らかになる。深養父《ふかやぶ》の作は景よりも理に重きを置いており、貫之《つらゆき》の作は、「見るわれ」の理知を前面に出した詠みぶりである。それに対し、友則《とものり》の歌は、暖かく風もない空に光の満ちあふれる春の日に、あわただしく、しかし音もたてずに桜の花が散る、という景を歌いあげている。そして、桜を惜しむ心は、花を「しづ心なく」と擬人化し、散る理由を推《お》し量《はか》ることを通して表現されている。自然と人の心が分かち難く融けあったところに、この歌の魅力があろう。なお、初・二・三・五句の頭にハ行音が置かれ、「の」も四回繰り返されることから、独特の快い調べが生み出されているのも、この歌の特徴といえよう。

34

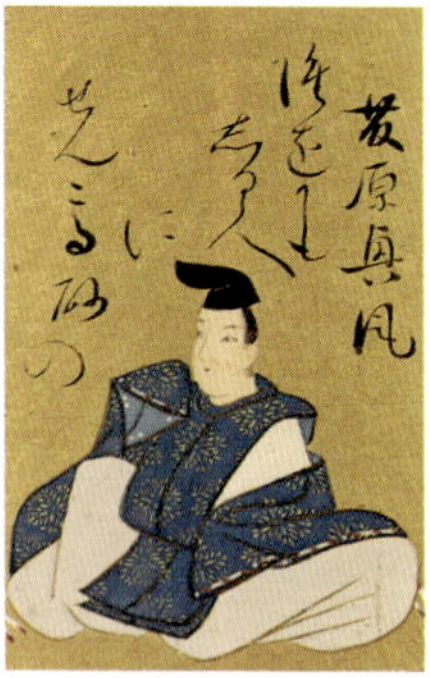

藤原興風【ふじわらのおきかぜ】

**誰《たれ》をかも知る人にせむ高砂《たかさご》の
松も昔の友ならなくに**

◇古今和歌集　巻十七・雑上・九〇九　詞書「題しらず」

◉年老いた私は、いったい誰《だれ》を知友としたらよいのだろうか。あの高砂《たかさご》の松も昔からの友ではないのだから。

藤原興風　［生没年未詳］平安前期の歌人。歌学書『歌経標式《かきょうひょうしき》』の著者参議《さんぎ》浜成《はまなり》の曽孫《そうそん》に当たる。正六位上治部丞に至る。三十六歌仙の一人。

■**誰をかも**　「かも」は疑問の係助詞。■**知る人にせむ**　「知る人」は自分を理解してくれる人。■**高砂《たかさご》の松**　播磨国《はりまのくに》高砂《たかさご》（現在の兵庫県高砂市）の老松。松は長寿の象徴である。■**友ならなくに**　友であるというわけではないのに。「ならなくに」は14番に既出。

高砂《たかさご》の長寿の老松

百人一首の中では珍しい老いを嘆く歌である。年老いて、知《ち》己《き》旧友も次々に世を去り、自分一人が取り残されてしまった。他にあるものといえば、長寿で知られる高砂《たかさご》の老松くらいのものだが、それとても昔を共有しあえる友ではない、というのである。興風《おきかぜ》のこの歌や、『古今集』でこの歌の前におかれる、

かくしつつ世をや尽くさむ高砂の尾上《をのへ》に立てる松ならなくに
（『古今集』雑上・九〇八　読人しらず）

という歌によって、長寿を象徴する「高砂の（尾上《おのえ》の）松」が、文学の中に定着したらしい。後に、源俊頼《みなもとのとしより》（74番の作者）が播磨国《はりまのくに》に下向《げこう》した時も、人々がここで歌を作り、藤原義定《のりさだ》という人が、

われのみと思ひこしかど高砂の尾上の松もまた立てりけり
（『後拾遺集』雑三・九八五）

と詠んで、同席の人々を感嘆させたという逸話が知られる。

興風《おきかぜ》のこの歌は謡曲「高砂《たかさご》」に引かれている。現在、兵庫県を走る山陽電鉄には「尾上《おのえ》の松」という駅がある。

35

紀貫之［?-945?］平安前期の歌人。大内記《だいないき》・土佐守《とさのかみ》などを歴任。『古今集』の撰者の一人で、仮名序《かなじょ》を執筆するなど、中心的役割を果たした。『土佐日記』は土佐守の任期が満ちて帰京する際の旅日記である。三十六歌仙の一人。

紀貫之【きのつらゆき】

人はいさ心も知らずふるさとは　花ぞ昔の香《か》に匂《にほ》ひける

◇古今和歌集　巻一・春上・四二　詞書「初瀬《はつせ》にまうづるごとに宿《やど》りける人の家に、久しく宿らで、ほど経てのちに至れりければ、かの家のあるじ、『かく定《さだ》かになむやどりはある』と言《い》ひ出だして侍《はべ》りければ、そこに立てりける梅の花を折りてよめる」

◉人はさあどうでしょうか、あなたの心の内はわかりません。しかし、昔なじみのこの土地では、花だけは昔のままの香で匂《にお》っているのです。

■人　直接には宿の主人を指す。**■いさ**　さあどうであろうか。下に打消の語を伴うことが多い副詞。**■花ぞ**　「花」は『古今集』の詞書《ことばがき》から梅と知られる。「ぞ」は強意の係助詞。

昔と変わらぬ梅の香―旧交を暖める

一首の作歌事情は『古今集』の詞書《ことばがき》に詳しい。貫之《つらゆき》が、大和《やまと》の長谷寺《はせでら》に参詣《さんけい》するごとに宿泊した家に、しばらく御無沙汰《ごぶさた》した後に訪れたところ、その家の主人に「私の家はこのようにちゃんとあるのに、あなたは随分お見限りでしたね」と、皮肉っぽい恨《うら》み言を言われた。そこで、傍《かたわ》らの梅の一枝を折って、この歌を贈ったというのである。「かく定《さだ》かになむやどりはある」という主人のことばを受けて「なるほど家はあるけれども、そこに住むあなたの心がどうなっているか、わかったものではありません」と、皮肉で応酬《おうしゅう》している。しかし、このやりとりは決して悪意のあるとげとげしいものではない。互いに心を許しあった間柄であるゆえに成り立つ、当意即妙の挨拶《あいさつ》なのである。

正保《しょうほう》版本『貫之集《つらゆきしゅう》』にはこの歌に対する、

花だにもおなじ心に咲くものを植ゑたる人の心知らなむ

という家あるじの返歌も収めている。このやりとりに恋の恨み言めいた情緒をほのかに感じとり、宿の主人は女性であったかと想像することもできよう。

36

清原深養父 ［生没年未詳］平安前期の歌人。元輔《もとすけ》（42番の作者）の祖父で、清少納言《せいしょうなごん》（62番の作者）の曾祖父。晩年は洛北《らくほく》の静原《しずはら》のあたりに補陀落寺《ふだらくじ》を創建したと伝える。琴にすぐれた。中古三十六歌仙の一人。

清原深養父【きよはらのふかやぶ】

夏の夜はまだ宵《よひ》ながら明けぬるを 雲のいづこに月宿るらむ

◇古今和歌集　巻三・夏・一六六　詞書「月のおもしろかりける夜、あかつきがたによめる」

◉短い夏の夜は、まだ宵《よい》のくちのままに明けてしまったが、沈む暇《いとま》もない月は、いったい雲のどのあたりに宿っているのだろうか。

■**夏の夜は**　「は」は係助詞。他と区別して取りたてていう意。他の季節とは違って夏の夜というものは、と夏の短夜《みじかよ》を強調している。■**宵ながら**　宵のうちのままに。「ながら」は継続を表す接続助詞。■**明けぬるを**　「ぬる」は完了の助動詞「ぬ」の連体形。「を」は逆接の接続助詞。■**雲のいづこに月宿るらむ**　雲のどのあたりに月は宿をとっているのだろうか。「月」は擬人化されている。

夏の夜空を渡る月

月明かりの美しい夜、明け方近くに詠《よ》まれた歌である。月を眺めているうちに、夏の短夜《みじかよ》はあっけなく明けてしまった。そのことを「宵ながら明けぬる」と誇張して表現している。そして、夜明けとともに姿を隠した月を、雲のどの辺に宿をとっているのだろう、と思いやっている。夏の夜のあまりの短さに、月も山の端《は》に入る暇がなかっただろう、というのである。夏の短夜を惜しみ、月を賞美するこころを、俳諧《はいかい》風に詠みなした一首である。『後撰集《ごせんしゅう》』夏歌の終わり近くに、

宵ながら昼にもあらなむ夏なれば待ちくらすまのほどなかるべく
（『後撰集』夏・二〇五　読人しらず）

夏の夜の月はほどなく明けぬれば朝《あした》の間をぞかこちよせつる
（『後撰集』夏・二〇六　読人しらず）

が見える。夏の永日《えいじつ》を嘆き、夏の夜の月を惜しむ歌だが、深養《ふかや》父《ぶ》の一首の内容を、二首で分かち持ったような感がある。

文屋朝康　［生没年未詳］平安前期の歌人。康秀《やすひで》（22番の作者）の息子。六位大膳少進《だいぜんしょうしん》に至ったか。

37

文屋朝康【ふんやのあさやす】

白露《しらつゆ》に風の吹きしく秋の野は
つらぬきとめぬ玉ぞ散りける

◇後撰和歌集　巻六・秋中・三〇八　詞書「延喜《えんぎ》の御時《おおんとき》歌めしければ」

◎白露に風がしきりに吹きつける秋の野は、さながら緒《お》を通してつなぎとめていない珠《しゅ》玉《ぎょく》が乱れ散ったようだ。

■**風の吹きしく**　風がしきりに吹くの意。「の」は主格の格助詞。「吹きしく」は四段動詞の連体形。「～しく」は「しきりに～する」の意。■**つらぬきとめぬ**　緒《を》を通してつなぎとめていない。「ぬ」は打消の助動詞「ず」の連体形。■**玉ぞ散りける**　「玉」は珠玉。白露のたとえとしては真珠。「ぞ」は強意の係助詞。「ける」は詠嘆の助動詞「けり」の連体形。

秋の野に乱れ散った真珠

秋草の咲き乱れる野辺《のべ》に、清らかな白露が降りている。この露を吹きしきる秋風がはらはらと散らしている。その様子は、まるで紐《ひも》を通してつなぎとめていない真珠が乱れ散ったように見える…。秋の野の清艶な美しさを詠《よ》んだ歌である。

露を玉にたとえるのは、『万葉集』以来見られる和歌の常套《じょうとう》的表現である。この歌の作者である文屋朝康《ふんやのあさやす》も、次のような歌を詠んでいる。

秋の野に置く白露は玉なれやつらぬきかくるくもの糸すぢ
（『古今集』秋上・二二五　文屋朝康）

『古今集』の「秋の野に」の歌は、くもの糸に置いた白露の繊細で静的な美を詠んでいる。それに対し、『百人一首』の「白露に」の歌は、風の吹きしきる動的な美しさを詠んだものである。『源氏物語』「野分《のわき》」巻の、

花どものしをるるを、いとさしも思ひしまぬ人だに、あなわりなと思ひ騒がるるを、まして、草むらの露の玉の緒《を》乱るるままに、御心まどひもしぬべく思したり。

という一節には、この歌に通うものがあろう。

38

右近　［生没年未詳］平安前期の歌人。醍醐《だいご》天皇の后穏子《きさきおんし》（藤原基経《もとつね》の娘）に仕えた。『大和物語』によれば、元良《もとよし》親王（20番の作者）、藤原敦忠《あつただ》（43番の作者）、同師輔《もろすけ》、同朝忠《あさただ》（44番の作者）らと恋をしたらしい。

右近【うこん】

忘らるる身をば思はず誓《ちか》ひてし
人の命の惜《を》しくもあるかな

◇拾遺和歌集　巻十四・恋四・八七〇　詞書「題しらず」

◉忘られるこの身の不幸は何とも思いません。それよりも、「忘れまい」と神かけて誓ったあなたの命が、神罰により失われるのではないかと、惜しく思われてなりません。

■**忘らるる**　「忘ら」は四段動詞の未然形。「るる」は受身の助動詞「る」の連体形。■**身をば思はず**　「ば」は強意の係助詞「は」。格助詞「を」に続くときは連濁《れんだく》で「ば」となる。「ず」は打消の助動詞の終止形。ここで二句切れになる。■**誓ひてし**　「て」は完了の助動詞「つ」の連用形。「し」は過去の助動詞「き」の連体形。■**人の命の**　「人」は恋の相手を指す。■**惜しくもあるかな**　「ある」はラ変動詞「あり」の連体形。「かな」は詠嘆の終助詞。

不実な恋人を憐《あわ》れむ――破られた誓い

この歌は『大和《やまと》物語』八十四段にも、「おなじ女（右近《うこん》のこと）、男の忘れじと、よろづのことをかけて誓ひけれど、忘れにけるのちにいひやりける」として見える。この男は藤原敦忠《ふじわらのあつただ》かと考えられている。

この歌は、どのような思いから詠まれたものなのだろうか。例えば、『伊勢《いせ》物語』二十三段の女が、他の女を訪ねるために竜田山《たつたのやま》を越えていく男を気づかって、「…夜半にや君がひとりこゆらむ」と詠んだように、不実な恋人の身を心配する献身的な歌なのだろうか。それとも、私はかまわないが、あなたにはきっと罰《ばち》があたりますよ、という痛烈な皮肉の歌なのだろうか。どちらと解するかによって表情の変わる歌である。「惜しくもあるかな」という語調の強さには、後者の解釈がふさわしいのではないか。勝気な才女の面影が彷彿《ほうふつ》とする歌である。

39

参議等《さんぎひとし》

浅茅生《あさぢふ》の小野《をの》の篠原《しのはら》忍ぶれど あまりてなどか人の恋しき

◇後撰和歌集　巻九・恋一・五七七　詞書「人につかはしける」

◉浅茅《あさじ》の生《は》えた野辺の篠原《しのはら》、その「しの」ではないが、忍びこらえているものの、思い余ってどうしてこんなにもあなたが恋しいのだろう。

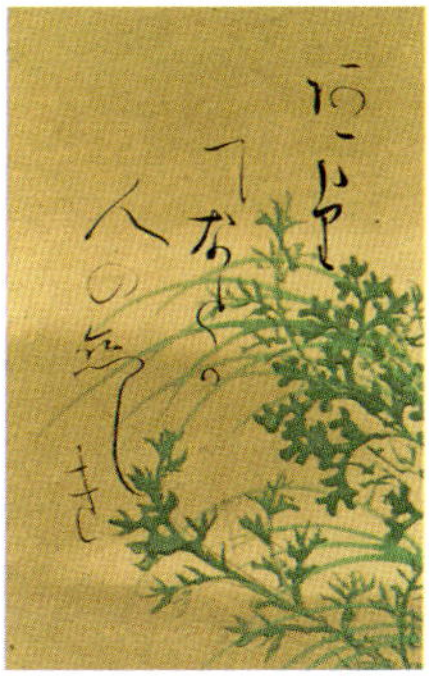

参議等　[880-951]　源等《みなもとのひとし》。平安前期の公卿《くぎょう》。中納言兼民部卿《ちゅうなごんけんみんぶきょう》希《まれ》の二男。参河守《みかわのかみ》、大宰大弐《だざいのだいに》、右大弁などを経て、天暦元（九四七）年参議となった。

浅茅生《あさじう》　丈《たけ》の低い茅萱《ちがや》が生えているところ。野辺というほどの意。**小野**　「小」は接頭語。**篠原**　篠《しの》（細い竹）の生えている原。ここまでが「しのぶ」を起こす序詞《じょことば》。**忍ぶれど**　「しのぶ」は、じっとこらえるという意の上二段動詞。「しのぶれ」は已然形。「ど」は逆接の接続助詞。**あまりてなどか**　「など」は疑問の副詞。「か」は疑問の係助詞。**人の恋しき**　「人」はあなたの意。恋の相手をさして「人」ということは少なくない。

恋心を忍ぶ——浅茅生《あさじう》の小野の篠原

この歌は『古今集』の読人しらず歌、

浅茅生《あさぢふ》の小野《をの》の篠原《しのはら》しのぶとも人しるらめやいふ人なしに
（『古今集』恋一・五〇五　読人しらず）

の上三句を、ほとんどそのままに踏まえたものである。「浅茅《あさじ》生《う》の小野《おの》の篠原《しのはら》」は、同音で「しのぶ」を導き出す序詞《じょことば》となっているが、風にそよぐ篠原の映像は、恋に波立つ心の象徴のようにも思われる。また「浅茅生の小野の篠原」は、身を忍ばせることもできる場所である。そのように視覚的に「忍ぶ」ことから、恋心を「忍ぶ」という内面的なことへと転じている序《じょ》詞《ことば》である。こうした上句を受け、『古今集』歌の方は、素朴なしらべにのせて忍ぶ恋の嘆きを洩《も》らしている。一方、『百人一首』の等《ひとし》の歌は、「忍ぶれど」のあと一転して、「あまりてなどか」「人の恋しき」と小刻みな口調で、わが身をいぶかしみ、慕情を訴えていく。「忍ぶれどあまりて」と転じていくあたりの曲折ある表現が、藤原定家《ふじわらのていか》の好みにあっているのかもしれない。

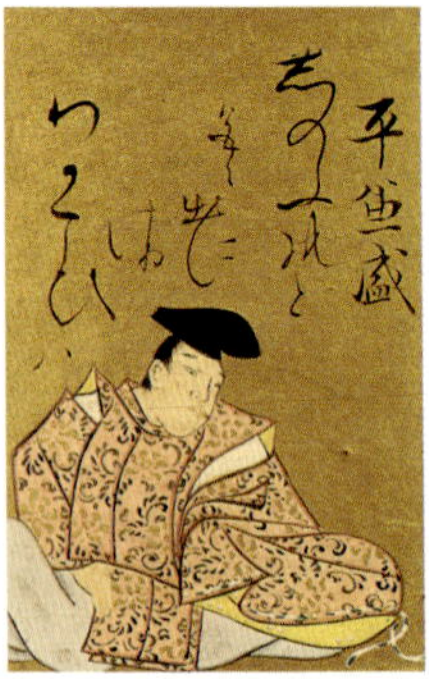

平兼盛　［?–990］平安中期の歌人。光孝《こうこう》天皇の玄孫。駿河守《するがのかみ》従五位上に至った。赤染衛門《あかぞめえもん》（59番の作者）の実父と伝えられる。三十六歌仙の一人。

40

平兼盛【たいらのかねもり】

忍ぶれど色に出《い》でにけりわが恋は ものや思ふと人の問ふまで

◇拾遺和歌集　巻十一・恋一・六二二　詞書「天暦御時《てんりやくのおおんとき》の歌合《うたあわせ》」

◉こらえ忍んでいたけれど、とうとう素振《そぶ》りに表れてしまったことだ、私の恋心は。「物思いをしておいでですか」と、人が尋ねるまでに。

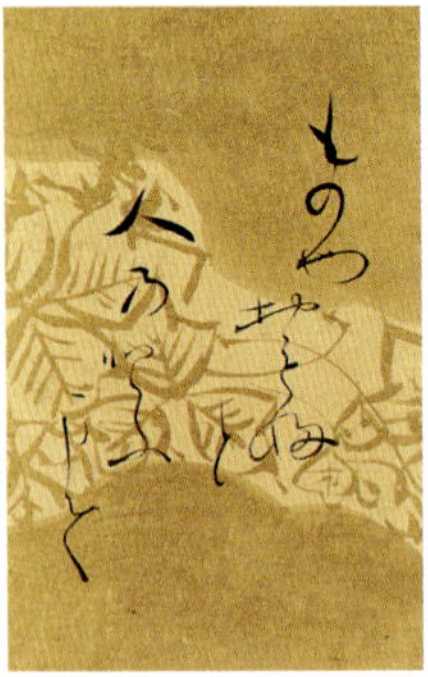

■**色に出でにけり**　「色」は顔色、素振《そぶ》り。「出《い》でにけり」の「に」は完了の助動詞「ぬ」の連用形。「けり」は詠嘆の助動詞の終止形。■**ものや思ふと**　何か物思いでもしているのですか、と。「思ふ」は係助詞「や」の結びで連体形。■**人の問ふまで**　「人」は他人、第三者。「まで」は程度を示す副助詞。

色に出づる恋――歌合の恋歌

『拾遺集《しゅういしゅう》』の詞書《ことばがき》にいう「天暦御時《てんりやくのおおんとき》の歌合《うたあわせ》」とは、村上《むらかみ》天皇の天徳四（九六〇）年三月三十日に、内裏《だいり》で行われた二十番の歌合である。この歌は「恋」の題を詠んだもので、最後の二十番右歌《みぎのうた》として出され、41番の壬生忠見《みぶのただみ》の歌と番《つが》われた。歌合の記録によると、左右ともに優れた歌であったので、判者《はんじゃ》であった左大臣藤原実頼《ふじわらのさねより》も決着をつけかね、村上天皇の気色をうかがったところ、天皇がひそかにこの兼盛の歌を口ずさまれた。そこで、右の兼盛の歌が勝ちと決まったという。しかし近世の歌人香川景樹《かがわかげき》のように、忠見の歌の方がよいという評者もあり、歌の優劣は一概には決め難い。

兼盛のこの歌の特徴は、言葉続きの巧みさにあるだろう。「忍ぶれど色に出でにけり」と、包みかくしていた恋心がついに表れてしまった感慨を二句切れの上二句で歌い、倒置された第三句以下に、他者の「ものや思ふ」という問いかけをも取り入れた、曲折のある詠みぶりの歌である。歌合の場で、一座の人々の心をとらえるのに十分なものであった、と思われるのである。

41

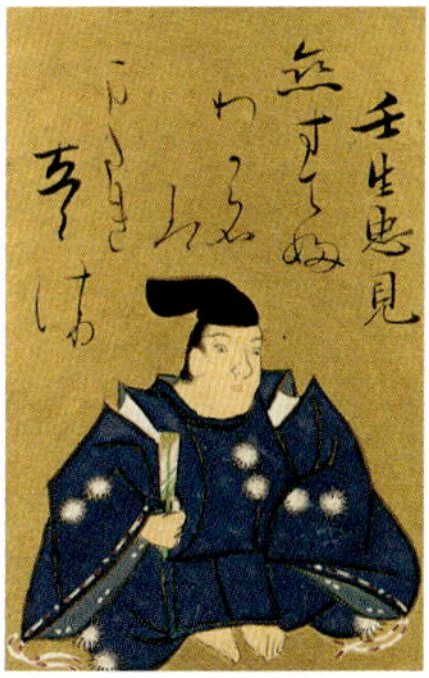

壬生忠見【みぶのただみ】

**恋すてふわが名はまだき立ちにけり
人知れずこそ思ひそめしか**

◇拾遺和歌集　巻十一・恋一・六二一　詞書「天暦御時《てんりゃくのおおんとき》の歌合《うたあわせ》」

◉私が恋をしているという評判は、早くも立ってしまった。誰にも知られないように、心ひそかにあの人を思いはじめたのだったが。

壬生忠見　［生没年未詳］平安中期の歌人。忠岑《ただみね》（30番の作者）の息子。天徳二（九五八）年、摂津《せっつ》大目《だいさかん》に任ぜられた。三十六歌仙の一人。

■**恋すてふ**　恋をしているという。「てふ」は「といふ」が転化した複合語。■**わが名**　私の評判。■**まだき**　早くも、時も至らないのに、という意の副詞。■**立ちにけり**　「に」は完了の助動詞「ぬ」の連用形。「けり」は詠嘆の助動詞の終止形。■**人知れずこそ**　他人に知られないように。「こそ」は係助詞。■**思ひそめしか**　思い始めたのだけれど。「しか」は過去の助動詞「き」の已然形。この歌の上句と下句は倒置の関係にあり、逆接の意味で続いていく。「人知れずこそ思ひそめしか〜わが名はまだき立ちにけり」となる。

早々と立つ恋の浮名——歌合の恋歌

作歌事情は、先に40番の歌で述べた。この忠見《ただみ》の歌は、40番と番《つが》われ、負けにされたものである。一首は、「人知れずあの人を思いそめたのに、私が恋をしているという評判は早くも立ってしまった」との意。噂《うわさ》だけはあっという間に立ったが、恋の成就《じょうじゅ》はほど遠いのである。むしろ、「恋すてふわが名」が早々と世間で取り沙汰《ざた》されることは、恋の進展の妨げとさえなりかねない。当惑し、危惧《きぐ》する思いもあるのであろう。素直な詠みぶりの中に、しみじみとした思いが感じられる歌である。言葉続きのすべらかさ、なめらかさという点では、忠見《ただみ》の歌の方がまさっているように思われる。

中世の説話集『沙石集《しゃせきしゅう》』によると、忠見《ただみ》は兼盛《かねもり》の歌に負けたことを苦にして「不食《ふじき》の病」となって、ついに死んでしまったという。ともに互角の秀歌であったことから生まれた、後日譚《ごじつたん》であろう。

42

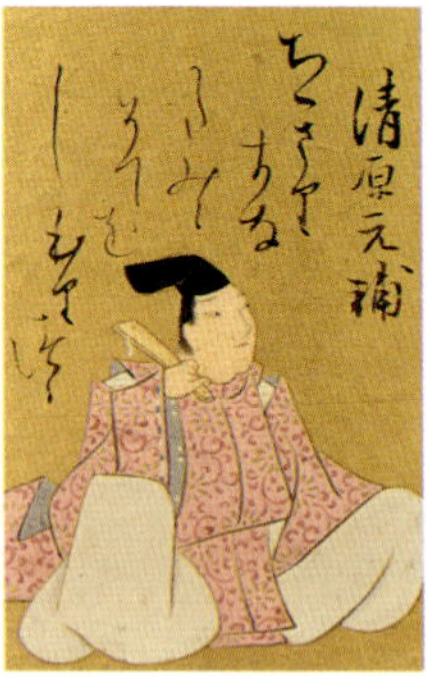

清原元輔【きよはらのもとすけ】

契《ちぎ》りきなかたみに袖《そで》をしぼりつつ
末《すゑ》の松山《まつやま》波越さじとは

◇後拾遺和歌集　巻十四・恋四・七七〇　詞書「心変りて侍《はべ》りける女に、人に代りて」

◉あなたとわたしは、約束しましたね。互いに涙に濡《ぬ》れた袖《そで》を絞《しぼ》りながら、あの末の松山を波が越えることがないように、決して心変わりなどするまいと。

清原元輔［908-990］平安中期の歌人。深養父《ふかやぶ》（36番の作者）の孫、清少納言《せいしょうなごん》（62番の作者）の父。寛和二（九八六）年肥後守《ひごのかみ》に任ぜられた。「梨壺《なしつぼ》の五人」の一人として『後撰集』を撰進。三十六歌仙の一人。

■**契りきな**　約束しましたね。「き」は過去の助動詞の終止形。「な」は詠嘆の終助詞。■**かたみに**　お互いに。■**袖をしぼりつつ**　涙でぬれた袖を絞《しぼ》りながら。「つつ」は継続を示す接続助詞。■**末の松山波越さじとは**　「末の松山」は陸奥《みちのく》の歌枕《うたまくら》。宮城県多賀城《たがじょう》市にその古跡とされる老松が今もある。「じ」は打消の意志を示す助動詞。

背信をなじる——末の松山を越える波

「末の松山波越さじ」というのは、決して心変わりしないという恋人同士の誓いの言葉で、『古今集』東歌《あずまうた》の「陸奥歌《みちのくのうた》」として伝わる次の古歌に基づく。

君をおきてあだし心をわが持たば末の松山波も越えなむ
（『古今集』東歌・一〇九三）

この古歌は、もしもあなたをさしおいて二心を持ったならば、末の松山を波も越えてほしい、というものである。末の松山は海岸からかなり入ったところにあり、それを波が越えるというのはありえないことであった。それと同様に、自分が心変わりすることも決してない、という意である。元輔《もとすけ》は、この古歌を踏まえつつ、涙ながらに愛の不変を誓った人の、背信を恨み、なじる歌を詠んだ。「契りきな」という倒置された初句切れの歌い出しには、強く訴えかける力が感じられる。

百人一首とたべもの

百人一首には、たべものが登場する歌があるわけではない。それなのに、この両者は時折なぜか不思議な結びつき方をする。例えば、小倉あんである。小倉あんは、大ぶりの小豆を蜜で煮て、こしあんに混ぜたものである。こしあんの色と白い斑点に見える小豆のとりあわせが、鹿の斑《まだら》模様に見えることから、鹿が連想され、鹿といえば紅葉（花札などにも見える組み合わせ）、紅葉といえば小倉山と続き、いつしか小倉あんと呼ばれるようになったという。さらに小倉山は、百人一首誕生の地ということで、百人一首と小倉あんは結びついたのだ。

百人一首の小倉山と紅葉を詠んだ歌を引用してみよう。

26　小倉山峰の紅葉葉《もみぢば》心あらばいまひとたびのみゆき待たなむ

普通に考えれば、この歌からいったい誰が小倉あんを連想しようか。しかし、そう思って小倉あんを食べてみると、優雅な味がしてくるから不思議なもの。

現代の和菓子業界にも、百人一首と結び付けたお菓子や店名が存在している。長岡京《ながおかきょう》市（京都府）に本店を持つ、京せんべいおかき専門店「小倉山荘」は、小倉百人一首にちなむ店名であり、ゆかりの品を数多く販売している。例えば、「想《おも》ひそめし」という、チョコにくるまれたおかきは、

41　恋すてふわが名はまだき立ちにけり人知れずこそ思ひそめしか

にちなんだお菓子で、チョコに隠れて見えないおかきによって忍ぶ恋心を表現しているという。

和菓子以外のたべものとして有名なのは、「竜田揚げ」だろう。

17　ちはやぶる神代も聞かず竜田川からくれなゐに水くくるとは

にちなみ、みりん醤油で下味をつけた材料を油で揚げて赤くする料理法を、竜田川を流れる紅葉に見立てたものである。

こうしてみると、百人一首とたべものの結びつきは、どれも飛躍があって、ユーモラスですらある。それもそのはず、古典和歌はたべものといった日常的な事柄はしりぞけ、ひたすら優美でハレの題材を求めてきたからである。もちろん和菓子については、和歌と深い関係を持つ茶道との結びつきもあろうが、古典が戯画《ぎが》化されるようになった江戸文化の賜物《たまもの》といえるのではないか。百人一首が多くの人に愛され、遊びの対象となっていった軌跡と重なり合う。このミスマッチが、なんとも楽しい。優雅さと遊びが交じり合った百人一首とたべものの関係は、日本らしい独特の「味わい」をかもし出している。

（谷　知子）

43

権中納言敦忠 [906-943] 藤原《ふじわらの》敦忠《あつただ》。平安中期の公卿《くぎょう》。左大臣時《とき》平《ひら》の子。在原業平《なりひら》（17番の作者）の曽孫。『大鏡』巻二に「和歌の上手、管絃の道にもすぐれ給へりき」と伝える。三十六歌仙の一人。

権中納言敦忠【ごんちゅうなごんあつただ】

逢《あ》ひ見てののちの心にくらぶれば
昔はものを思はざりけり

◇拾遺和歌集　巻十二・恋二・七一〇　詞書「題しらず」

◉あなたに逢《あ》って愛しあったのちの、こんなに恋しくてならない心に比べると、それ以前は思い悩みなどしたうちには入らなかったとわかりました。

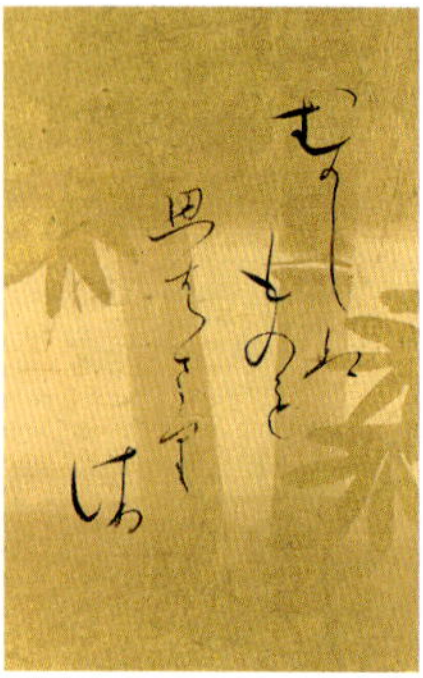

■**逢ひ見ての**　「逢ひ見る」は、単に顔を会わせることではなく、男女が逢って契りを交わす意。■**のちの心**　契りを交わして別れて帰ってきた現在の心。■**くらぶれば**　「くらぶれ」は下二段動詞の已然形。「ば」は確定条件を示す接続助詞。■**思はざりけり**　「ざり」は打消の助動詞「ず」の連用形。「けり」は詠嘆の助動詞。

逢《あ》い見てのちまさる恋心——後朝《きぬぎぬ》の歌

『拾遺集《しゅうい》』では、この歌のあとに、

あひみてはなぐさむやとぞ思ひしをなごりしもこそ恋しかりけれ

（『拾遺集』恋二・七一一　坂上是則《さかのうえのこれのり》）

という歌を並べる。逢うまでの物思いは恋の成就をひたすら願うものであったが、逢い見て後もまた、新しい物思いが始まる。またすぐにでも逢いたい、二度、三度と繰り返し逢いたい、いつも、いつまでも逢っていたいという渇望にも似た思いが、身をさいなむのである。そのような「逢ひ見てののちの心」に比べると、逢う以前の物思いなどものの数でもなかった、という自分の心の変化に対するみずみずしい驚きが詠まれている。

この歌の第四句「昔」に注目して、逢ったのちしばらく逢えないでいる時の歌、と解する説もあるが、ここでは後朝《きぬぎぬ》の歌として解釈した。逢瀬《おうせ》を経験する前後で世界も一変して感じられ、昨日までの自分も遠い昔のことのように思われるのではないだろうか。『拾遺抄《しゅういしょう》』には「はじめて女のもとにまかりて、またの朝につかはしける」とある歌である。

44

中納言朝忠【ちゅうなごんあさただ】

中納言朝忠 [910–966] 藤原朝忠《ふじわらのあさただ》。平安中期の公卿《くぎょう》。三条右大臣定方《さだかた》(25番の作者)の五男。侍従《じじゅう》、左近中将、参議《さんぎ》などを経て、中納言従三位に至り、土御門《つちみかど》中納言と呼ばれた。三十六歌仙の一人。

逢《あ》ふことの絶えてしなくはなかなかに　人をも身をも恨みざらまし

◇拾遺和歌集　巻十一・恋一・六七八　詞書「天暦御時《てんりゃくのおおんとき》の歌合」

◉逢《あ》って契りを交わすことがまったくないのならば、かえって、あの人の無情をもこの身の不幸をも恨みはしないであろうに(一度逢ったからこそ、恨みに思われるのだ)。

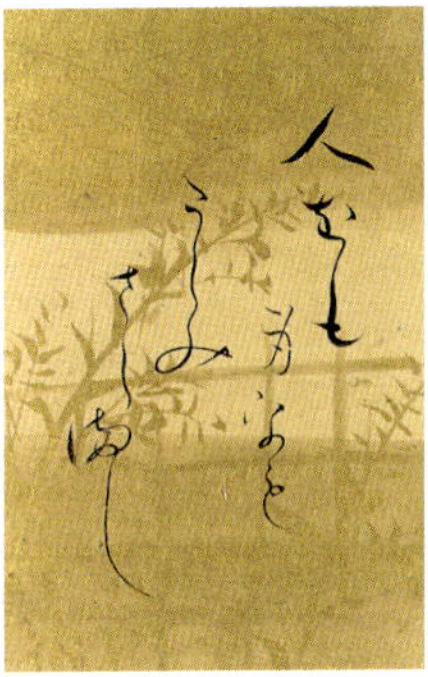

■**逢ふことの**　逢って契《ちぎ》りを交わすこと。下に打消の語を伴うことが多い。■**絶えてしなくは**　「たえて」は副詞。まったく、の意。「し」は副助詞。「なくは」は、ないならば。「なく」は形容詞の未然形。「は」は仮定条件を示す接続助詞。■**なかなかに**　かえって、の意。■**人をも**　「人」は恋の相手を指す。■**恨みざらまし**　「恨み」は上二段動詞「恨む」の未然形。「まし」は反実仮想の助動詞。

苦しい恋の反実仮想——逢《あ》うことがなかったなら

『拾遺集』の詞書《ことばがき》にいう「天暦御時《てんりゃくのおおんとき》の歌合《うたあわせ》」とは、天徳四(九六〇)年に行われた内裏《だいり》歌合(40・41番歌の項参照)のことである。この歌も「恋」の題を詠んだもので、十九番左に掲出され、右方の、

君恋ふとかつは消えつつふるものをかくても生ける身とや見るらむ　(藤原元真《もとざね》)

と番《つが》って勝ちとされた。判詞《はんじ》では「詞《ことば》清げなり」と評されている。「絶えてしなくはなかなかに」という、柔かい感じの「な」と歯切れのよいカ行音の反復、「人をも身をも」という反復、下句のマ行音の繰り返しなどが、この評語のなされた理由であろうか。

恋愛において、思う相手と「逢う」ことは最高の喜びのはずである。それを、この歌は「逢うことがまったくなかったなら」と現実に反する仮想をし、中途半端に逢えるよりまったく逢えない方が心穏やかであることを歌う。逆接的とも思われる物言いの中に、恋する者の真情のこめられた歌であろう。

45

謙徳公【けんとくこう】

あはれともいふべき人は思ほえで　身のいたづらになりぬべきかな

謙徳公　[924-972]　藤原伊尹《ふじわらのこれまさ》（これただ、とも）。平安中期の公卿《くぎょう》。右大臣師輔《もろすけ》の子。義孝《よしたか》（50番の作者）の父。摂政太政大臣《せっしょうだいじょうだいじん》正二位に至り、一条摂政と呼ばれた。謙徳公は諡号。『後撰集』撰進時、撰和歌所別当《せんわかどころべっとう》。

◇拾遺和歌集　巻十五・恋五・九五〇　詞書「物言ひ侍《はべ》りける女の、のちにつれなく侍りて、さらに逢《あ》はず侍りければ（一条摂政《いちじょうせっしょう》）」

◉「かわいそうに」と言ってくれるはずの人も思いあたらないままに、この身は、こがれ死にしてしまうでしょう。

■**あはれとも**　かわいそうに、お気の毒に。「あはれ」は感動詞。■**いふべき人**　言ってくれるはずの人。「べき」は当然の意の助動詞。■**思ほえで**　「思ほえ」は下二段動詞「思ほゆ」の未然形。「で」は打消の接続助詞。■**いたづらに**　形容動詞「いたづらなり」の連用形。むなしくなる、死ぬ、の意。■**なりぬべきかな**　「なり」は四段動詞の連用形。「ぬ」は確認の意の助動詞の終止形。ある事実を強く確定的に言う場合に用いる。

こがれ死にの予感

『拾遺集』の詞書《ことばがき》によると、交際していた女がそののち冷淡になって、いっこうに逢ってくれなくなったので贈った歌である。一方、家集『一条摂政御集《いちじょうせっしょうぎょしゅう》』では、「…（女が）年月を経て返り事せざりければ、負けじと思ひていひける」とあり、意地でも女をふりむかせようとする、恋のかけひきの歌となっている。

「身のいたづらになる」とは、恋いこがれて死んでしまうことである。その場合、恋死にした自分を「あはれ」と言ってくれる人は誰だろうか、と考えてみる。それは、他ならぬ死の原因となる女以外にはいないはずだ。ところが、その女の心は冷えきっている。「あはれ」と言ってくれる人はいないのである。詠歌事情はともあれ、この歌の表現から読みとれるのは、自分は恋人の一片の共感さえ得られぬまま、恋に身を滅ぼしてしまうだろう、という絶望的な確信であろう。この歌は、『源氏物語』の、女三宮《おんなさんのみや》に恋して身を滅ぼしていく柏木衛門督《かしわぎえもんのかみ》を語る文脈にも、たびたび引用されている。◆

46

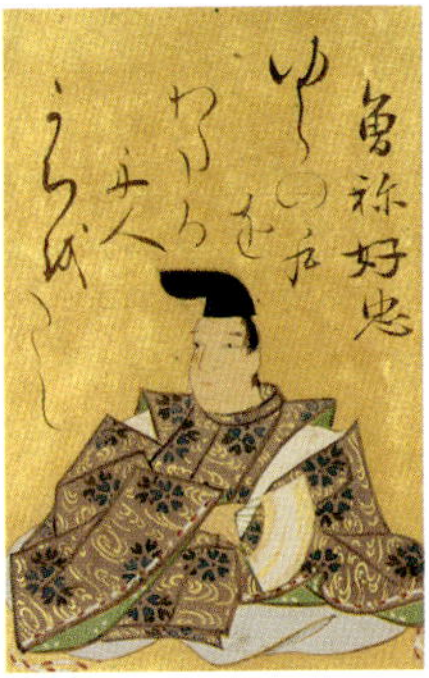

曾禰好忠【そねのよしただ】

由良《ゆら》の門《と》を渡る舟人《ふなびと》かぢを絶え
ゆくへも知らぬ恋のみちかな

◇新古今和歌集　巻十一・恋一・一〇七一　詞書「題しらず」

◉由良《ゆら》の水門を漕《こ》ぎ渡る舟人が、梶《かじ》を失って行く先もしらず漂《ただよ》うように、どうなっていくか見当もつかない恋の道であることよ。

曾禰好忠　［生没年未詳］平安中期の歌人。丹後掾《たんごのじょう》であったことから、曽丹後《そたんご》、曽丹《そたん》などと称された。伝統的な和歌に対して、新奇な用語や語法を取り入れて新風をもたらした。偏屈な歌人として逸話も多い。中古三十六歌仙の一人。

■**由良の門**　丹後国《たんごのくに》の歌枕《うたまくら》。現在の京都府宮津市由良《ゆら》の、由良川が若狭《わかさ》湾に注ぐあたり。紀伊国《きのくに》の由良の崎とする説もあるが、好忠《よしただ》は丹後国にゆかりの深い人であるから、前者と考えるべきであろう。■**かぢを絶え**　梶《かじ》を失って。「梶《かじ》」は舟を進める櫂《かい》や櫓《ろ》のこと。「を」は格助詞。また「楫緒《かじを》絶え」と解する説もある。「楫緒《かじお》」は楫を船に結びつける縄《なわ》で、これが切れてしまうこと。ここでは前者を採る。■**ゆくへも知らぬ**　上三句と下五句の双方につづく句。「ぬ」は打消の助動詞「ず」の連体形。■**恋のみちかな**　「恋の道」は恋のなりゆき。「かな」は「かも」とする異文もある。

漂う小舟のような恋

一首は、「由良《ゆら》の門《と》を渡る舟人かぢを絶えゆくへも知らぬ」という梶《かじ》を失って漂う舟の景と、「ゆくへも知らぬ恋のみちかな」という恋の嘆きが、「ゆくへも知らぬ」という第四句で重なる構造になっている。海峡を漂う小舟をあやつりかねている船頭の当惑した心情から、海のようにとりとめもない情念の世界に放り出され、なすすべもない人間の心理の描写へと転じているのである。『古今集』の、

わが恋はゆくへも知らずはてもなし逢《あ》ふを限りと思ふばかりぞ
（『古今集』恋二・六一一　凡河内躬恒《おおしこうちのみつね》）

という歌の表現にも通うものがある。

47

恵慶法師 ［生没年未詳］平安中期の僧・歌人。家系なども明らかでない。大中臣能宣《おおなかとみのよしのぶ》、源重之《みなもとのしげゆき》、清原元輔《きよはらのもとすけ》、平兼盛《たいらのかねもり》、曾禰好忠《そねのよしただ》など、百人一首の作者たちと親交があった。中古三十六歌仙の一人。

恵慶法師【えぎょうほうし】

八重《やへ》むぐら茂《しげ》れる宿の寂しきに
人こそ見えね秋は来《き》にけり

◇拾遺和歌集　巻三・秋・一四〇　詞書「河原院《かわらのいん》にて、荒れたる宿に秋来《きたる》といふ心を人々よみ侍りけるに」

◉幾重にも雑草の生い茂ったこの家のさびしいたたずまい、そこに訪れる人の姿は見えないけれども、ああ「秋」はやってきたのだ。

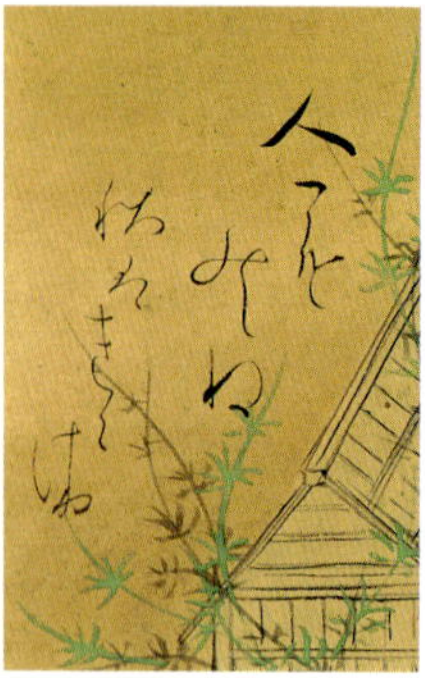

■**八重むぐら**　ヤエムグラという名のアカネ科の草もあるが、ここは幾重にも茂った雑草の意。■**茂れる宿の**　「る」は存続の意を表す助動詞「り」の連体形。■**寂しきに**　寂しいところに。「に」は場所を示す格助詞（接続助詞とする説もある）。■**人こそ見えね**　「ね」は打消の助動詞「ず」の已然形で「こそ」の結び。「人影は見えないけれど」と、下に続いていく。■**秋は来にけり**　「き」はカ変動詞の連用形。「に」は完了の助動詞「ぬ」の連用形。「けり」は詠嘆の助動詞。人は来ないが「秋」はやってくる。

廃園に訪れる秋

『拾遺集』の詞書《ことばがき》に見える「河原院《かわらのいん》」は、14番の作者河原左《かわらのさ》大臣《だいじん》源 融《みなもとのとおる》の邸宅であった。融の死後、その子昇《のぼる》によって宇《う》多《だ》法皇に献上されたが、融の亡霊が現れるなどの事件があり、たび重なる賀茂川《かもがわ》の氾濫《はんらん》もあって、荒廃してしまったらしい。現在の京都市下京区本塩竈町《もとしおがま》がその跡地に当たるという。この歌が詠まれた当時は、融の子孫にあたる安法《あんぼう》法師が住み、歌人・文人たちが訪れ、歌会などが催されていた。この歌もそうした折のものであろう。『貫之集』に、「三条右大臣屏風《さんじょううだいじんびょうぶ》の歌」として、

とふ人もなき宿なれどくる春はやへむぐらにもさはらざりけり
（『貫之集』二〇七）

という歌がある。雑草が生い茂り訪れる人もない荒廃した宿にも、季節だけは変わらずめぐり来るのである。

48

風をいたみ岩打つ波のおのれのみくだけてものを思ふころかな

源重之【みなもとのしげゆき】

源重之　［生没年未詳］平安中期の歌人。清和《せいわ》天皇の皇子貞元親王の孫。相模《さがみ》権守従五位下に至った。晩年は辺境の国司を歴任。藤原実方《さねかた》の陸奥守赴任に随行し、その地に没する。三十六歌仙の一人。

◇詞花和歌集　巻七・恋上・二一一　詞書「冷泉院春宮《れいぜいいんとうぐう》と申しける時、百《ひゃく》首歌《しゅうた》たてまつりけるによめる」

◉風が烈《はげ》しいので岩に打ち寄せる波がおのれ一人砕け散るように、つれないあの人のために、わたし一人心も千々《ちぢ》に砕けて思い悩む今日このごろよ。

■**風をいたみ**　風がはげしいので。「〜を〜み」は「〜が〜なので」の意になる。「を」は間投助詞。「いた」はク活用形容詞「いたし」の語幹、「み」は理由を示す接尾語。■**おのれのみ**　「のみ」は限定の副助詞。

千々に砕ける心

風の強い日、磯辺に立つと、高波が岩に打ち寄せて白く砕け散る。しかし岩は微動たりともしない。その光景は、つれない恋人に対するむなしい求愛の行為を具象化したものとも見られよう。この歌の「岩」は「つれない恋人」、「くだけ散る波」は「求愛する自分自身」の比喩《ひゆ》である。「おのれのみ」と限定されるところに、片恋の切なさが表現されている。古来、この歌に先立つものとして、

いかにして岩打つ波の立ちかへり砕くとだにも人に知らせむ

という歌が指摘されるが、先後関係ははっきりしない。また、**46**番の作者曾禰好忠《そねのよしただ》の家集に、

山賤《やまがつ》のはてに刈り干《ほ》す麦の穂のくだけて物を思ふころかな　（『好忠集』一三五）

という下句を同じくする歌がある。

『詞花集《しかしゅう》』の詞書《ことばがき》にいう「百首歌」とは、みずからの不遇の嘆きを訴えるため、あるいは貴顕《きけん》の求めに応じて、一人の歌人がまとまった百首の和歌を詠むもので、十世紀後半から一般化した。重之《しげゆき》の百首歌は、最も初期の作例の一つである。

49

大中臣能宣朝臣【おおなかとみのよしのぶのあそん】

大中臣能宣朝臣［921-991］平安中期の歌人。伊勢大輔《いせのたいふ》（61番の作者）の祖父にあたる。神祇大副《じんぎたいふ》を経て、祭主《さいしゅ》正四位下に至る。「梨壺《なしつぼ》の五人」の一人として『後撰集』を撰進。三十六歌仙の一人。

御垣守《みかきもり》衛士《ゑじ》のたく火の夜《よる》は燃え
昼は消えつつものをこそ思へ

◇詞花和歌集　巻七・恋上・二二五　詞書「題しらず」

◉宮中の御門を守護する衛士《えじ》の焚《た》くかがり火が、夜は赤々と燃え、昼は消えるように、夜は恋いこがれ昼は心も消え入るほどに、恋の物思いをしているよ。

■**御垣守**　宮中の諸門を警備する人。■**衛士**　諸国から選ばれ衛門府《えもんふ》に配属された兵士。雑役や御殿の清掃に従事し、夜は火をたいて宮門を警備した。■**たく火の**　たくかがり火のように。「の」は〜のごとく、の意を表す。■**夜は燃え昼は消えつつ**　衛士《えじ》のたく火と恋の思いの双方をいう。「つつ」は反復の接続助詞。なお、「燃えて」とする異文もある。

間断なくつづく恋の物思い——昼も夜も

夜空の闇を焦がす衛士《えじ》のたく火に、自《みずか》らの恋の思いをこと寄せた歌である。かがり火が夜になるとたかれるように、自分の恋の思いも夜毎に燃えさかる。昼にはかがり火は消されているが、自分もそのように悄然《しょうぜん》として消え入るばかりに物を思って過ごしている。夜と昼、燃えと消え、という対《つい》を用いて、間断なくつづく恋の物思いを詠じる歌である。

この歌の作者は、大中臣能宣《おおなかとみのよしのぶ》となっているが、疑問がある。家集『能宣集』には見えず、能宣と同時代に作られた類題歌《るいだいか》集《しゅう》『古今六帖《こきんろくじょう》』に、作者未詳として、

君が守《も》る衛士《ゑじ》のたく火の昼は絶えよるは燃えつつものをこそ思へ
（『古今六帖』第一「火」七八一）

という、ほぼ同一と考えられる歌が収められているのである。この歌の異伝《いでん》などが、能宣の歌と誤認されて勅撰集に入った可能性も高いであろう。

50

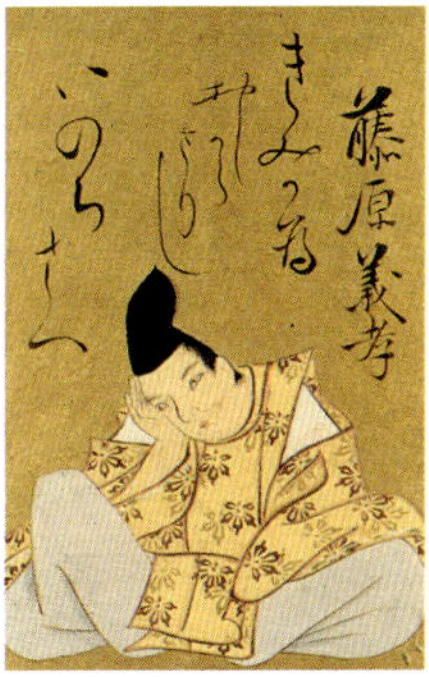

藤原義孝 ［954–974］平安中期の歌人。藤原伊尹《これまさ》（謙徳公《けんとくこう》・45番の作者）の子。三蹟《さんせき》の一人行成《ゆきなり》の父。右少将従五位下に至った。美男で名高かったが、流行の疱瘡《ほうそう》のため兄挙賢《たかかた》と同日に没したという。中古三十六歌仙の一人。

藤原義孝【ふじわらのよしたか】

君がため惜しからざりし命さへ
長くもがなと思ひけるかな

◇後拾遺和歌集　巻十二・恋二・六六九　詞書「女のもとより帰りてつかはしける」

◉あなたにお逢《あ》いするためなら惜しくはないと思っていたこの命までも、お逢いできた今朝は、このまま長くあってほしい（そしていつまでも逢い続けたい）と思うようになりました。

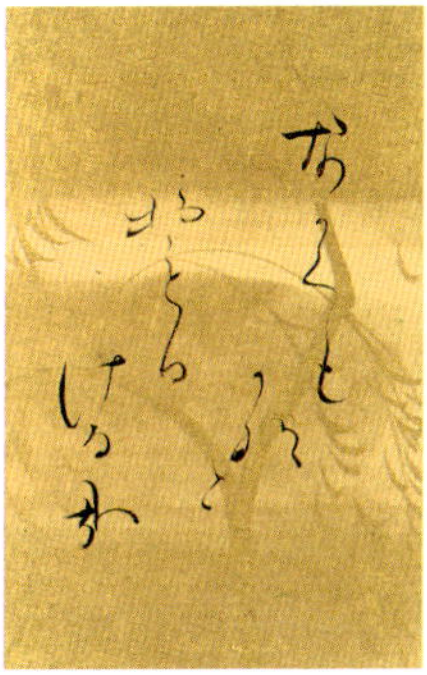

■**君がため**　「君」は相手の女性。「が」は連体修飾の格助詞。■**惜しからざりし**　「をしから」は形容詞「をし」の未然形。「ざり」は打消の助動詞「ず」の連用形。「し」は過去の助動詞「き」の連体形。惜しいと思わなかった、の意。■**命さへ**　「さへ」は添加の副助詞。■**長くもがな**　「もがな」は願望の終助詞。

薄命の貴公子の恋の名歌

家集『義孝集《よしたか》』の詞書《ことばがき》にも、「人のもとより帰りて、つとめて」とあり、初めて逢《あ》った翌朝、男から女に贈る「後朝《きぬぎぬ》の歌」であることがわかる。一首は「恋人に逢う以前は、逢えさえすればそれと引替えに命を捨ててもいいと思っていた、しかし一度逢えたのちには、いつまでも逢い続けるため、惜しくなかったはずの命までも長くあってほしいと思うようになった」というもので、逢ったのちにさらに募る恋の思いが、技巧を排して素直に歌われている。恋人に逢うためなら命も惜しくない、という歌は少なくない。例えば、

命やは何ぞは露のあだものを逢《あ》ふにしかへばをしからなくに
（『古今集』恋二・六一五　紀友則《きのとものり》）

のような歌がある。義孝の歌としては、この百人一首歌の他に、次のものが有名である。

秋はなほ夕まぐれこそただならね荻《をぎ》の上風萩《はぎ》の下露
（『義孝集』）◈

藤原実方朝臣　［？–998］平安中期の歌人。侍従貞時《じじゅうさだとき》の息子。左大臣師尹《もろただ》の孫。侍従、右馬頭《うまのかみ》などを経て、正四位下陸奥守《むつのかみ》として赴《ふ》任《にん》、任国《にんごく》で没した。不遇の貴公子というイメージの伝説が多い。中古三十六歌仙の一人。

51

藤原実方朝臣【ふじわらのさねかたのあそん】

かくとだにえやはいぶきのさしも草
さしも知らじな燃ゆる思ひを

◇後拾遺和歌集　巻十一・恋一・六一二　詞書「女にはじめてつかはしける」

◉このようにあなたを恋していると、口に出して言うことができるでしょうか。できないままに今日まで過ごしてきました。だから、あなたはそうだとも知らないでしょうね。伊吹山《いぶきやま》のもぐさがいぶって燃えているような、わたしの恋の思いの「火」を。

■**えやはいぶきのさしも草**　「えやはいぶきの」は「えやは言ふ」（言えようか、言えないの意）から「伊吹」へと続けた。伊吹山《いぶきやま》は、『八雲御抄《やくもみしょう》』では美濃《みの》国《くに》とするが、顕昭《けんしょう》は『袖中抄《しゅうちゅうしょう》』で下野《しもつけ》とする。幽斎《ゆうさい》の『百人一首抄』では「伊吹山は近江美濃《おうみみの》両国の名所なり」と説くが、契沖《けいちゅう》の『百人一首改観抄《かいかんしょう》』では『袖中抄』の所説を継承し、下野国《しもつけのくに》としている。滋賀・岐阜県境の伊吹山でもぐさを産するのは近世以降とみられ、下野国説が有力である。「さしも草」は、もぐさのこと。「さしも草」までは同音で「さしも」を起こす序詞《じょことば》となる。

身をこがす思いに火をつけるさしもぐさ

忍ぶ恋の段階が過ぎて、初めて文《ふみ》を送った時の歌である。

あぢきなや伊吹の山のさしも草おのが思ひに身をこがしつゝ
（『古今六帖《こきんろくじょう》』三五八六）

契《ちぎ》りけむ心からこそさしも草おのが思ひにもえわたりけれ
（『古今六帖』三五八七）

なほざりに伊吹の山のさしも草さしも思はぬことにやはあらぬ
（『古今六帖』三五八八）

これらの類歌などにあるように、「言ふ」と「伊吹」の掛《かけ》詞《ことば》、「さしも草さしも」という続け方、「さしも草」に「思ひ（火《ひ》）」を取り合せることなどは、いずれも「さしも草」の歌でのパターンに沿った歌い方であったらしい。

それにしても、なぜ「さしも草」が詠《よ》まれたのか。ひそかに想いを寄せていた女が何か病で灸治《きゅうじ》すると聞いて、実方はもぐさを贈り、それにこの歌を添えたのではないだろうかと想像することもできよう。灸治は昔からの治療法であった。◆

52

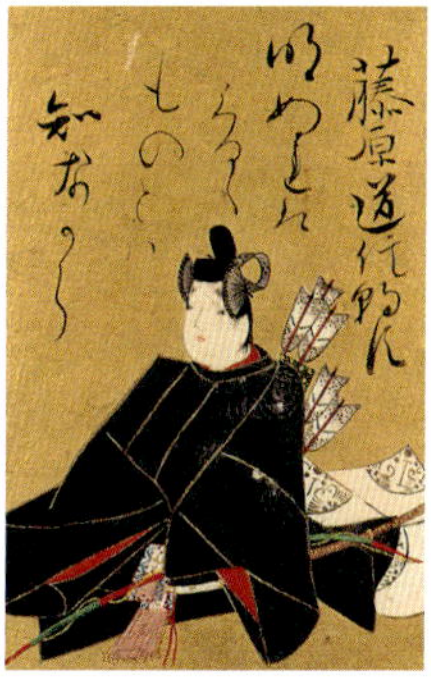

藤原道信朝臣 ［972-994］ 平安中期の歌人。太政大臣《だいじょうだいじん》為光《ためみつ》の子。左中将従四位上に至る。『大鏡』にその人となりを「いみじき和歌上手にて、心にくき人にいはれ」たと語る。実方《さねかた》（51番の作者）と親交があった。中古三十六歌仙の一人。

藤原道信朝臣【ふじわらのみちのぶのあそん】

明けぬれば暮るるものとは知りながら
なほ恨《うら》めしき朝ぼらけかな

◇後拾遺和歌集　巻十二・恋二・六七二　詞書「女のもとより雪降り侍りける日、帰りてつかはしける」

◉夜が明けてしまえばいずれは暮れるもの、そしてまた逢《あ》えるとはわかっていながら、あなたと別れなければならないと思うと、やはり恨めしい朝ぼらけですね。

■**明けぬれば暮るるもの**　夜が明ければいずれは日が暮れるもの、朝になればいずれは夜がやってくるものという、当然の道理をいう。■**なほ恨めしき**　「なほ」はやはりの意。理屈は理屈として十分わかっていながらも、やはり恋人と別れねばならない明け方は恨めしいという、自然の感情。■**朝ぼらけ**　夜がほんのりと明ける、薄明《はくめい》のころ。男女の逢瀬《おうせ》が終わる時刻である。

後朝《きぬぎぬ》の悲しみ

朝は夜を共に過ごした恋人同士が別れなければならない時刻だから、恨めしく思われるのである。後朝《きぬぎぬ》の悲しみを詠じた古歌としては、

しののめのほがらほがらと明けゆけばおのがきぬぎぬなるぞかなしき　（『古今集』恋三・六三七　読人しらず）

という作がある。それにも通ずるものがあるが、このような悲しみは男が女のもとに通い、夜が明ければ男は帰る通《かよ》い婚《こん》という形式の結婚生活を背景としてはじめて理解されるものであろう。

右大将道綱母　[937?–995]　平安中期の歌人。陸奥守《むつのかみ》藤原倫寧《ともやす》の娘。藤原兼家《かねいえ》と結婚し、道綱《みちつな》を生んだ。夫兼家との苦渋にみちた結婚生活を回想したのが『蜻蛉《かげろう》日記』であった。本朝三美人の一人とされる。中古三十六歌仙の一人。

53

右大将道綱母【うだいしょうみちつなのはは】

嘆《なげ》きつつひとり寝《ぬ》る夜《よ》の明くる間《ま》は　いかに久しきものとかは知る

◇拾遺和歌集　巻十四・恋四・九一二　詞書「入道摂政《にゅうどうせっしょう》まかりたりけるに、門《かど》を遅く開《あ》けければ、立ちわづらひぬと言ひいれて侍りければ」

◉あなたがおいでにならないのを嘆きながら、一人で寝る夜が明けるまでの時間は、どんなに長いものか、あなたはおわかりになるでしょうか、おわかりにならないでしょう。

■**嘆きつつ**　「つつ」は反復の意。　■**ものとかは知る**　「かは」は反語を示す。「秋風に吹き返されて葛《くず》の葉のいかに恨みしものとかは知る」（『金葉集《きんようしゅう》』恋上・三九二　藤原正家《まさいえ》）という用例がある。

待つしかない女の恨み言《ごと》

『蜻蛉日記《かげろうにっき》』巻上には、この歌が詠《よ》まれたときのことが詳《くわ》しく語られている。それによれば、作者が兼家《かねいえ》と結婚した翌年、道綱《みちつな》が生まれてまもなく、天暦《てんりゃく》九年の初冬のことで、兼家は用事があると言って作者の家から出ていったが、怪しんだ作者が召使いに後をつけさせると、町小路《まちのこうじ》の女の所に車を止めたことがわかった。愛人を作っていたのであった。それから二、三日経って、兼家が暁に門をたたいたが、開けさせなかったところ、兼家は愛人の家に行ってしまったらしい。その翌朝、色変わりした菊に添えて送った歌がこの作である。兼家の返歌は「げにやげに冬の夜ならぬ真木《まき》の戸も遅くあくるはわびしかりけり」と、女の訴えを平然とはぐらかしたものであった。

『大鏡』巻四、兼家伝にもこの贈答歌は見られるが、そこでは「門を遅く開《あ》けければ、たびたび御消息《おんしょうそこ》言ひ入れさせ給ふに、女君」といい、『拾遺《しゅうい》集』の詞書《ことばがき》に近い。当時兼家は大政治家であったから、その夫婦間の機微《きび》を伝えるこの歌の詞書もあえてやわらげて記したのかもしれない。

54

儀同三司母　［？-996］　高階貴《たかしなのき》子《し》。円融《えんゆう》天皇の時代に出仕して高《こう》内侍《ないし》と呼ばれた。中関白藤原道隆《みちたか》と結婚して、伊周《これちか》（＝儀同三司）、一条天皇皇后定子《ていし》らをもうけたが、中関白家の没落の悲運のさなかに没した。

儀同三司母【ぎどうさんしのはは】

忘れじのゆく末《すゑ》まではかたければ
今日《けふ》を限りの命ともがな

◇新古今和歌集　巻十三・恋三・一一四九　詞書「中関白《なかのかんぱく》通ひそめ侍《はべ》りけるころ」

◉あなたは決して忘れまいとおっしゃいます。けれどもいつまでもお心変わりなさらないことはありえないでしょうから、いっそこうしてお逢《あ》いできた今夜限りで、死んでしまいとうございます。

■**忘れじ**　忘れまいの意で、変わらぬ愛を誓う男の言葉。■**かたければ**　困難なのでの意。男の誓いはあてにならないからというのである。なお、カルタは「かたけれと」となっている。■**今日を限りの命ともがな**　「今日を限り」は、結ばれた今日限りということ。命について「今日を限り」といった例には、

くやしくぞのちにあはむと契《ちぎ》りけるけふをかぎりといはましものを
（『新古今集』哀傷《あいしょう》・八五四　藤原季縄《すえなわ》）

との死に臨んでの詠がある。

愛の永遠への懐疑

『新古今集』の詞書にいう「中関白」とは、作者の夫道隆《みちたか》のことである。つまり、「忘れじ」の言葉は、夫道隆の誓いであった。道隆は赤染衛門《あかぞめえもん》の姉妹とも交渉があったらしいが（**59**番の歌参照）、正室《せいしつ》としての作者を守り通したことは『枕草子《まくらのそうし》』積善寺供養《しゃくぜんじくよう》の段によって知られる。「忘れじ」という誓いの言葉は偽りではなかったのである。

男の心変わりは日常茶飯事で、恨みながらもそれを受け入れねばならなかった当時の女にとって、男の誓いの言葉を楽天的に信じきることなどとうてい不可能であっただろう。だからこそ今夜の逢瀬《おうせ》にすべてを賭け、燃焼し尽くそうとするのであった。

55

大納言公任　【だいなごんきんとう】

滝《たき》の音は絶えて久しくなりぬれど　名こそ流れてなほ聞こえけれ

◇千載和歌集　巻十六・雑上・一〇三五　詞書「嵯峨大覚寺《さがだいかくじ》にまかりてこれかれ歌よみ侍《はべ》りけるに、よみ侍りける」

◉ここに昔あったという滝の水音は絶えてからずいぶん長い歳月が経ったけれども、すばらしい滝だったという評判は世間に流れ、今でもやはり聞こえてくるよ。

大納言公任　[966‒1041]　藤原公任。平安中期の歌人・歌学者。関白太政大臣頼忠の子。正二位権大納言に至り、四条大納言と呼ばれた。詩歌・管絃に通じ、歌壇の中心となり、有職故実にも通じていた。中古三十六歌仙の一人。

■**滝の音は**　『拾遺集』巻八・雑上・四四九にも、「大覚寺に人々あまたまかりたりけるに、古き滝をよみ侍りける」の詞書の下に収められているが、定《てい》家《か》本系を含む現存諸本のほとんどが初句を「滝の糸は」とする。■**名こそ流れて**　「名」は評判・名声。「流れて」は、流れ伝わっての意で、「滝」の縁語。■**なほ聞こえけれ**　「聞《き》こえ」は「音」の縁語。

歌いつがれた大覚寺の滝

大覚寺は嵯峨《さが》の古刹《こさつ》である。ここには、昔嵯峨天皇が作られた滝の遺構があり、滝殿《たきどの》が設けられていた。家集『前《さきの》大納言公任《きんとう》集』に見えるこの歌の詞書や『権記《ごんき》』（藤原行成《ゆきなり》の日記）によれば、長保元（九九九）年九月十二日に左大臣道長《みちなが》の供をして「大覚寺滝殿栖霞観《せいかかん》」に赴いた折、「初《メテ》到《ル》二滝殿《ニ》一」という題で公任が詠じたのがこの作であった。

大覚寺の滝殿はこの後も長く「名こそ流れて」歌い続けられる。赤染衛門《あかぞめえもん》が「大覚寺のたきどのをみてよみ侍《はべ》りける　あせにけるいまだにかかりたきつせのはやくぞ人はみるべかりける」（『後拾遺集』雑四・一〇五八）と詠み、また西行も「大覚寺の滝殿の石ども、閑院《かんいん》にうつされて、あともなくなりたりときて、見にまかりたりけるに、赤染が、いまだにかかりとよみけん思ひ出でられて、あはれに覚えければ、

いまだにもかかりといひしたきつせのそのをりまでは昔なりけん」

（『山家集』下・雑・一〇四八）

と歌った。その遺跡なるものが「名古曽《なこそ》の滝」と呼ばれて、今も大沢池《おおさわのいけ》のほとりに残っている。

大覚寺の大沢池

真言宗大覚寺派の大本山。もと嵯峨《さが》天皇の離宮であったが、貞《じょう》観《がん》18(876)年に寺となった。

名古曽の滝跡

大覚寺の東隣、大沢池の北方にある。

56

和泉式部 ［生没年未詳］平安中期の歌人。越前守《えちぜんのかみ》大江《おおえ》雅致《まさむね》の娘。和泉守《いずみのかみ》橘《たちばなの》道貞《みちさだ》の妻となり、小《こ》式部内侍《しきぶのないし》（60番の作者）をもうけた。のち、為尊《ためたか》親王、敦道《あつみち》親王と恋愛し、藤原保昌《やすまさ》と再婚した。中古三十六歌仙の一人。

和泉式部【いずみしきぶ】

あらざらむこの世のほかの思ひ出《い》でに
いまひとたびの逢《あ》ふこともがな

◇後拾遺和歌集　巻十三・恋三・七六三　詞書「ここち例ならず侍《はべ》りけるころ、人のもとにつかはしける」

◉わたしはこの病のために死んでしまうでしょう。あの世への思い出として、死ぬ前にもう一度あなたにお逢《あ》いしとうございます。

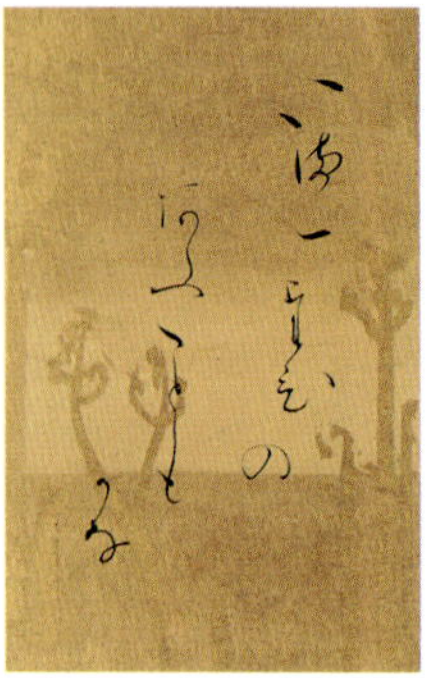

■**あらざらむこの世のほか**　「死後」というのに同じ。「この世のほか」は現世の外、すなわち来世の意。■**いまひとたびの**　もう一度の意。■**逢ふことがな**　「もがな」は願望の終助詞。

死ぬ前に一目逢いたいという願い

『後拾遺集』の詞書《ことばがき》によると、病床に臥《ふ》していたとき、恋人に書き送った歌ということである。家集『和泉式部集』にも、「心地あしき頃、人に」として見える。「人」は恋人であるが、誰をさすかはわからない。

死ぬ前に愛する者に逢いたいという願いは、たとえ来世を信じようと信じまいと、いつの世のどこの国の人も変わりないであろう。そういう本音を率直に表白した歌である。和泉式部は、極めて技巧の勝った作を当意即妙に歌う一方で、このように無技巧な、真率の響きというような歌をも詠んでいるのである。しかもそれは病の床で詠まれたものであった。人心に訴える和歌の力というものを思わせるような作であるといってよいであろう。

紫式部　[978?-1014?]　平安中期の物語作者・歌人。越後守《えちごのかみ》藤原為時《ためとき》の娘。藤原宣孝《のぶたか》の妻となり、大弐三位《だいにのさんみ》(58番の作者)をもうけた。宣孝の没後、中宮彰子《しょうし》(上東門院)に出仕し、『源氏物語』『紫式部日記』を書いた。中古三十六歌仙の一人。

57

紫式部【むらさきしきぶ】

めぐり逢《あ》ひて見しやそれとも分かぬ間《ま》に
雲隠《がく》れにし夜半《よは》の月影

◇新古今和歌集　巻十六・雑上・一四九九　詞書「はやくより童友達に侍《はべ》りける人の、年ごろ経てゆきあひたる、ほのかにて、七月十日のころ、月にきほひて帰り侍りければ」

◉空を行きめぐり、見定めないうちに、雲に隠れてしまった夜半の月。ちょうどそのように、たまたま出会ったのが本当に幼友達のあなたなのか、見分けられないうちに、あなたは姿を隠してしまいましたね。

■**めぐり逢ひて**　「めぐり」は下の「月かげ」の縁語。表面上は月とのめぐりあいで、裏に幼友達との再会をいう。■**見しやそれとも**　「や」は疑問の係助詞。「それ」は表面上は月、裏は友達を指す。■**雲隠れにし**　雲に隠れてしまったの意。陰暦十日頃の月は早く沈んでしまう。■**夜半の月影**　「月かげ」を「月かな」とする本文もある。「月」は幼友達の比喩。

女友達との別れ

家集『紫式部集』の巻頭歌である。ということは、彼女にとって相当大切な歌であることを意味するのだろう。

忘るなよほどは雲ゐになりぬとも空行く月のめぐりあふまで
(『拾遺集』雑上・四七〇　橘忠幹《たちばなのただもと》)

の古歌を念頭に置いて詠んだことは確かであろう。この古歌は『拾遺集』の詞書に橘忠幹が遠国に行く際恋人に送った歌とあり、『伊勢物語《いせものがたり》』第十一段では男が東国への旅路の途中友達に言い送った歌と語る。紫式部の作においては、女友達との離別であった。

紫式部はこの他にも、

北へゆく雁のつばさに言《こと》づてよ雲のうは書きかき絶えずして
(『新古今集』離別・八五九)

と、女友達との離別の歌を詠んでいる。これらの歌を見るに、恋人に対するにも似た執着を同性の友に対して抱く、この女性の素顔がのぞいているように思われる。

58

大弐三位［生没年未詳］平安中期の歌人。藤原宣孝《のぶたか》と紫式部との子。本名賢子。藤三位《とうさんみ》とも呼ばれる。大宰大弐《だざいのだいに》高階成章《たかしなのなりあき》の妻となり、また後冷泉天皇の乳母を勤めて従三位に叙され、大弐三位と号した。

大弐三位【だいにのさんみ】

有馬山《ありまやま》猪名《ゐな》の篠原《ささはら》風吹けば
いでそよ人を忘れやはする

◇後拾遺和歌集・巻十二・恋二・七〇九　詞書「かれがれになる男の、おぼつかなくなどいひたりけるによめる」

◉有馬山から猪名野《いなの》の篠原《ささはら》に風が吹きおろすので、笹はいっせいにそよそよとそよぎます。そうですよ、そのようにあなたからお便りをいただいて心も揺れ動くわたしですもの。どうしてあなたのことを忘れるものですか。

有馬山　摂津国の歌枕。神戸市と西宮市の境に位置する山地で、付近に有馬温泉がある。**猪名の篠原**　猪名野ともいわれ、やはり摂津国の歌枕。伊丹市の、猪名川と武庫《むこ》川の間の地をさす。**風吹けば**　この句までが下句を起こす序詞とみられる。風が吹くと篠原がそよぐことから、同音の「そよ」を導く。**いでそよ**　「いで」は勧誘・決意などの意の副詞。「そよ」は、篠《ささ》が風に吹かれてそよぐ擬音語に、「それ」「そら」などの意の感動詞を掛けている。

風になびく篠原《ささはら》に託した恋心

『後拾遺集』の詞書によれば、「かれがれになる男」つまり通ってくることもとだえがちになってきた、愛情が移ろってきた男が、「あなたは心変わりしたのではないかと気がかりです」などと、身勝手なことを言って寄こしてきたので詠んだものである。

「有馬山猪名の篠原」の自然描写である序から主意へと転ずる転じ方が意表をついている。そこがこの歌のおもしろさであるのかもしれないが、わかりにくいことも確かである。なぜこの摂津の歌枕が選ばれたのであろうか。早く『万葉集』に見える歌枕であるが、『枕草子』の「山は」や「野は」には見出されない。あるいは、「かれがれになる男」が摂津の国の「有馬山猪名の篠原」の地にゆかりのある男だったのであろうか。

末句の「忘れやはする」は、この時代に愛用された言い回しらしい。恋歌に用いられた場合は、一種の殺し文句であったのだろう。

59

赤染衛門　［生没年未詳］平安中期の歌人。赤染時用《ときもち》の娘とされるが、実父は平兼盛（40番の作者）であるという。大江匡衡《まさひら》に嫁し、藤原道長の妻倫子《りんし》に仕えた。『栄花物語』前編の作者ともいわれる。中古三十六歌仙の一人。

赤染衛門【あかぞめえもん】

やすらはで寝なましものをさ夜更《ふ》けて
かたぶくまでの月を見しかな

◇後拾遺和歌集　巻十二・恋二・六八〇　詞書「中の関白少将に侍りける時、はらからなる人にもの言ひわたり侍りけり、頼めて来ざりけるつとめて、女に代りてよめる」

◉ためらわずに寝てしまえばよかったのに、わたしは寝ずにあなたのおいでをお待ちしていて、西の空に傾くまで月を見ておりました。

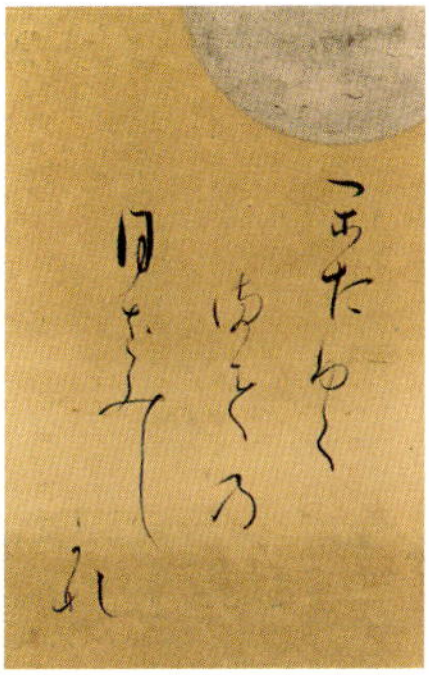

やすらはで　ためらわずにの意。**寝なましものを**　「な」は完了の助動詞「ぬ」の未然形、「まし」は仮想の助動詞。寝てしまえばよかったのに、の意。

恋歌の代作

『後拾遺集』詞書の「中の関白」とは、儀同三司母《ぎどうさんしのはは》の夫藤原道隆《みちたか》。「はらからなる人」（母を同じくする姉妹）のための代作であるが、当人の心になりきって詠んでいる。作者としても感情を移入しやすい状況であったのであろう。あてにさせておいて結局待ちぼうけをくわせた薄情な男への怨情をやんわりと歌って、すぐれている。もしかしたら、赤染衛門自身この清げな公達《きんだち》にひそかな慕情を抱いていたのかもしれない。

ただし、『馬内侍集《うまのないししゅう》』に「今宵かならず来むとて、来ぬ人のもとに」という詞書の下に全く同じ歌が収められており、藤原俊成の『古来風体抄《こらいふうていしょう》』でも『後拾遺集』の秀歌例でこの歌の作者を馬内侍としていることは不審である。馬内侍は道隆の弟道兼や道長とも贈答しているから、赤染衛門と同時代だが、彼女が赤染衛門の「はらから」とは考えがたく、第一他人に代作させるとは思われない。もしも、どちらかの家集が誤って他人の歌を入れてしまったのでないならば、意識的に他人の作を借用したことになる。この時代には案外そういうこともありえたのではないか。女房社会のいわば共有財産であったのかもしれない。

60

小式部内侍 [？-1025] 平安中期の歌人。橘 道貞《たちばなのみちさだ》と和泉式部《いずみしきぶ》(56番の作者)との子。一条天皇の中宮彰子《しょうし》に出仕した。藤原教通《のりみち》に愛され静円《じょうえん》を生み、藤原定頼《さだより》にも愛された。母に先立って没した。中古三十六歌仙の一人。

小式部内侍【こしきぶのないし】

大《おほ》江《え》山《やま》いく野の道の遠《とほ》ければ
まだふみも見ず天《あま》の橋立《はしだて》

◇金葉和歌集 巻九・雑上・五五〇 詞書「和泉式部《いずみしきぶ》保昌《やすまさ》に具《ぐ》して丹後国《たんごのくに》に侍《はべ》りけるころ、都に歌合《うたあわせ》のありけるに、小式部内侍歌よみにとられて侍りけるを、中納言定頼局《さだよりつぼね》のかたにまうできて、歌はいかがせさせ給ふ、(下段へ)

◉大江山《おおえやま》や生野《いくの》を越えてゆく丹後《たんご》への道のりは遠く遥《はる》かですから、わたしはまだ天の橋立を踏んでみたことはございませんし、丹後の母からの文《ふみ》もまだ届いておりません。

(詞書の続き) 丹後へ人はつかはしてけむや、使まうでこずや、いかに心もとなくおぼすらむなどたはぶれて立ちけるをひきとどめてよめる」

■大江山 山城国と丹後国の間にある山。**■いく野** 丹後国の歌枕。福知山市生野《いくの》。**■まだふみも見ず** 「ふみ」は「道」の縁語《えんご》「踏み」に「文《ふみ》」を掛ける。『金葉集』は「ふみもまだ見ず」**■天の橋立** 丹後国の歌枕。京都府宮津《みやづ》市。日本三景の一つ。

当意即妙の歌で相手をやりこめた小式部内侍

『金葉集《きんよう》』の詞書《ことばがき》にいう「保昌《やすまさ》」は和泉式部の夫だが、小式部は和泉守橘道貞と和泉式部との間に生まれた娘である。そして、「定頼」は小式部の恋人の一人であった。彼の戯言《ざれごと》はもとより、「お母さんに歌合《うたあわせ》の代作をお願いしたのでしょう」というからかいである。その袖《そで》を捉《とら》えて詠んだ歌がこれであるという。つまり「私は母に歌の代作などしてもらっておりません」という抗議の歌である。『俊頼髄脳《としよりずいのう》』では、しばらく返歌をしようと案じた定頼はどうにも思いつかず、小式部内侍に捉えられた直衣《のうし》の袖《そで》を振り切って逃げたと語っている。

当意即妙の秀歌として、次の**61**番の伊勢大輔《いせのたいふ》の作、それから『大鏡《おおかがみ》』巻六の昔物語で紀貫之《きのつらゆき》の女《むすめ》の作と伝える「内より人の家に侍りける紅梅を掘らせ給《たま》ひけるに、鶯《うぐひす》の巣くひて侍りければ、家あるじの女まづかく奏せさせ侍りける　勅なればいともかしこし鶯の宿はと問はばいかが答へむ　かく奏せさせければ、掘らずなりにけり」(『拾遺集』雑下・五三一)などとともに、三才女の名歌とされるものである。

天の橋立

日本海に臨む宮津湾と阿蘇海《あそかい》を隔てる砂州《さす》。
白砂青松の美しさで知られる。

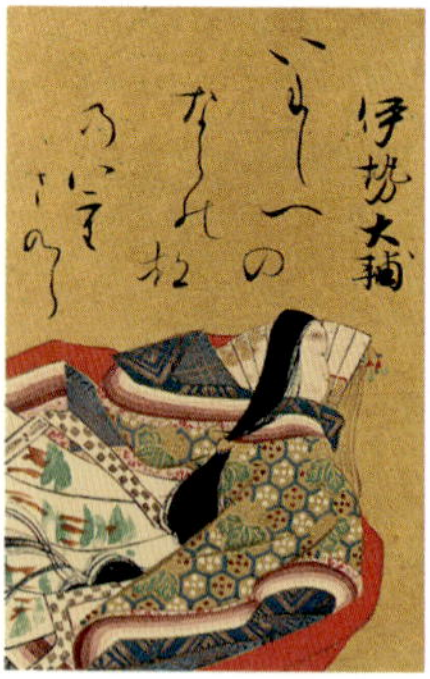

伊勢大輔［生没年未詳］祭主大《おお》中臣輔親《なかとみのすけちか》の娘。筑前守高階成順《ちくぜんのかみたかしななりより》の妻となり、康資王母《やすすけおうのはは》らをもうけた。上東門院彰子《しょうし》に出仕し、紫式部・和泉式部・相模《さがみ》・源経信《つねのぶ》などとも交際があった。中古三十六歌仙の一人。

61

伊勢大輔【いせのたいふ】

いにしへの奈良の都の八《や》重《へ》桜《ざくら》
けふ九重《ここのへ》に匂《にほ》ひぬるかな

◇詞花和歌集　巻一・春・二九　詞書「一条院御時《いちじょういんのおんとき》、奈良の八重桜を人のたてまつり侍《はべ》りけるを、そのをり御前《ごぜん》に侍りければ、その花をたまひて歌よめと仰せられければよめる」

◉古京《ふるさと》奈良の都にひっそりと咲いておりました八重桜が、今日はこのように京の都に献上されて、九重の雲居《くもい》近くに色美しく咲いていますこと。

■**いにしへの奈良の都**　奈良（平城京《へいじょうきょう》）が奈良時代の都であったことからいう。「いにしへ」と「けふ」は対となり、従って、「奈良の都」と京の都という対比も当然意識されているだろう。「奈良」に「七」を響かせ、「八重」「九重《ここのへ》（宮中）」と縁語関係となる。

歌才を試された伊勢大輔

これは作者伊勢大輔《いせのたいふ》にとって、いわば新入社員登用のための最初の試験のような機会であった。奈良の僧房から献上された八重桜を受け取る役を仰せつかった新参女房の伊勢大輔が、帝（一条天皇）や中宮彰子、道長《みちなが》、そして古参女房紫式部などの注視の裡《うち》に即詠した、いわば答案ともいうべきものがこの歌である。

「いにしへ」と「けふ」とが対をなし、「八重」と「ここのへ」とが数の連鎖を形成する。さらに「いにしへ」の「へ」は「八重」「ここのへ」の「へ」と響き合い、「奈良」の「な」も、以下の「や」「ここの」とかすかな共振音を奏でる。「の」の繰返しも、やわらかい感じのナ行音の反復で美しい。そして、今の都人からはほとんど忘れられかけている旧都の桜が九重の雲《くも》居《い》に咲くという晴れがましさを愛《め》で賞し、そのことによって天皇の聖徳をたたえた。

このみごとな答案によって、伊勢大輔は紀内侍《きのないし》（貫之女《つらゆきのむすめ》）、小式部内侍《こしきぶのないし》とともに、三才女の一人とされた。

清少納言　［生没年未詳］平安中期の随筆家。肥後守《ひごのかみ》清原元輔《きよはらのもとすけ》（42番の作者）の娘。深養父《ふかやぶ》（36番の作者）の曾孫に当たる。一条天皇の皇后定子《ていし》に出仕し、和漢にわたるその才を愛され、『枕草子』を書いた。中古三十六歌仙の一人。

62

清少納言【せいしょうなごん】

夜《よ》をこめて鳥のそら音《ね》ははかるとも
よに逢坂《あふさか》の関は許さじ

◇後拾遺和歌集　巻十六・雑二・九三九　詞書→下段。

◎夜明けまでには間があるのに、偽って鶏鳴《けいめい》のまねをしても、愚かな函谷関《かんこくかん》の関守《せきもり》ならばともかく、逢坂《おうさか》の関の関守は、まさか通行を許さないでしょう。―わたしはだまされて、戸を開けてあなたと逢ったりはいたしませんよ。

詞書「大納言行成《ゆきなり》物語などし侍《はべ》りけるに、内の御物忌《おんものいみ》に籠《こも》ればとていそぎ帰りて、つとめて、鳥の声にもよほされてといひおこせて侍りければ、夜深かりける鳥の声は函谷関《かんこくかん》のことにやといひつかはしたりけるを、たちかへり、これは逢坂の関に侍りとあれば、よみ侍りける」

■**鳥のそら音**　にせの鶏鳴。孟嘗君《もうしょうくん》が鶏鳴のまねを特技とする食客の働きによって、夜が明けなければ人を通さない函谷関《かんこくかん》を通った故事（『史記《しき》』）をさす。■**よに**　下の打消意志の助動詞「じ」と呼応して、けっして〜しまいの意。■**逢坂の関**　近江国《おうみ》と山城国《やましろ》との境にある逢坂山に設けられていた古関。「逢《あ》ふ」が掛けられている。

男友達と交わした戯《たわむ》れの歌

詞書中の「大納言行成《ゆきなり》」とは、四納言の一人藤原行成のこと。この話は『枕草子』に、詳しく記されている。そこには、この歌に対する「逢坂は人越えやすき関なれば鳥鳴かぬにもあけて待つとか」という、行成の返歌も引かれている。漢才を誇示して男性貴族を閉口させてやろうとして詠んだ清少納言の歌に対して、行成は「あなたはだれとでも逢うから、鶏が鳴かなくても扉を開けて待っているとか世間ではいってますよ」とやり返したのである。

もとよりこれは親愛のあまりの戯れである。恋の贈答ではなく、話せる異性の友同士の気のきいた会話であるにすぎない。そういう友を持っていたことは、清少納言は言うまでもなく、やはり行成にとっても楽しいことだったであろう。

63

左京大夫道雅　[992?-1054]
藤原道雅。平安中期の歌人。儀同《ぎどう》三司《さんし》伊周《これちか》の息子。左京大夫従三位に至る。素行が悪く、荒三位《あらさんみ》とあだ名された。中古三十六歌仙の一人。

左京大夫道雅【さきょうのだいぶみちまさ】

今はただ思ひ絶えなむとばかりを 人づてならでいふよしもがな

◇後拾遺和歌集　巻十三・恋三・七五〇　詞書「伊勢《いせ》の斎宮《さいぐう》わたりよりまかりのぼりて侍りける人に忍びて通ひけることを、おほやけも聞こしめして、守り目など付けさせ給ひて、忍びにも通はずなりにければ、よみ侍りける」

●今となっては、ただもうあきらめましょうという一言だけを、せめて人づてでなく、直接あなたに言うすべがあったらなあ。

■**思ひ絶えなむ**　断念しようの意。■**人づてならで**　「で」は打消の接続助詞。人を介さず、直接にの意。■**いふよしもがな**　「もがな」は願望の終助詞。言うすべがあったらなあの意。

恋人との仲を引き裂かれた男の絶唱

詞書中の「伊勢の斎宮わたりよりまかりのぼりて侍りける人」は、三条院の皇女で前斎宮であった当子内親王のことである。この二人の恋愛事件は、当子が伊勢から帰京した翌年の寛仁《かんにん》元（一〇一七）年ころから世語りとされたらしい。『栄花物語』巻十二「玉の群菊《むらぎく》」および巻十三「木綿四手《ゆうしで》」にはこの事件が詳しく語られている。三条院は、素行が悪いことで有名な道雅《みちまさ》がひそかに通うようになったことを聞きつけて、激怒し、二人の仲を裂こうとしたのである。結局、当子は尼となり、二十三歳の若い身空で世を去ってしまった。

愛している以上、「思ひ絶えなむ」などというのは、決して口にしたくない言葉である。しかし、事態はそれを表明して身を引かざるをえないまでに追い込まれている。それならば、せめてその一言だけでも直接愛する人に言いたい。しかし、周囲にはばまれて、それすらできないという。悲痛である。藤原清輔《きよすけ》は『袋草紙《ふくろぞうし》』で、道雅三位《みちまささんみ》はそれほどの歌仙でもないのにこの事件に際して詠んだ歌には秀逸が多いとして、「思ふままの事をば陳《の》べ、自然に秀歌にしてあるなり。これ、志は中に有り、詞外に顕《あらは》るの謂《いひ》か」と言っている。

和歌の用語

◆**歌合**【うたあわせ】 歌の作者を左右に分け、その詠んだ歌を各一首ずつ組み合わせて、判者が批評、優劣を比較して勝負を判定した一種の文学的遊戯。平安前期以来宮廷や貴族の間で流行した。

◆**歌枕**【うたまくら】 和歌にしばしば詠み込まれる特定の名所、旧跡。10・25の逢坂《おうさか》の関（逢坂《おうさか》山）、18の住の江、26の小倉山《おぐらやま》、31・94の吉野、78の須磨《すま》など。

◆**家集**【かしゅう】 個人の歌集。私家集ともいう。

◆**詞書**【ことばがき】 和歌の前書き。その歌の作られた場所、時、事情などを簡単に紹介したもの。

◆**三十六歌仙**【さんじゅうろっかせん】 平安中期の歌学者藤原公任《ふじわらのきんとう》が選んだ三十六人のすぐれた歌人の総称。百人一首の作者では、柿本人麻呂《かきのもとのひとまろ》・紀貫之《きのつらゆき》・凡河内躬恒《おおしこうちのみつね》・伊勢《いせ》・大伴家持《おおとものやかもち》・山辺《やまべの》(部)赤人《あかひと》・在原業平《ありわらのなりひら》・僧正遍《そうじょうへん》昭《じょう》・素性法師《そせいほうし》・紀友則《きのとものり》・猿丸大夫《さるまるだゆう》・小野小町《おののこまち》・藤原兼《ふじわらのかね》輔《すけ》・藤原朝忠《ふじわらのあさただ》・藤原敦忠《ふじわらのあつただ》・壬生忠岑《みぶのただみね》・藤原敏行《ふじわらのとしゆき》・源《みなもとの》重之《しげゆき》・源宗于《みなもとのむねゆき》・大中臣能宣《おおなかとみのよしのぶ》・壬生忠見《みぶのただみ》・平兼盛《たいらのかねもり》・藤《ふじ》原興風《わらのおきかぜ》・清原元輔《きよはらのもとすけ》・坂上是則《さかのうえのこれのり》が含まれる。その後も、「中古三十六歌仙」などこれにならったものが多い。

◆**題しらず**【だいしらず】 和歌の題や詠まれた事情などが不明であること。また、その和歌をいう。歌集の詞書の一種として用いられた。勅撰集などでは、事情がわかっていても特記するに価しないと判断される場合は、このように記すことがある。

◆**百首歌**【ひゃくしゅうた】 一人の歌人が百首の和歌をまとめて詠んだもの。始めたのは平安中期の曾禰好忠《そねのよしただ》・源《みなもとの》重之《しげゆき》などで、一人で四季・恋・雑など各部立てにわたって百首詠むものであったが、平安末期になると、「堀河百首」「永久百首」「久安百首」などのように、数人が集まって一人百題ずつ詠む多人数百首が企画され、文芸性が追求された。

◆**部立て**【ぶだて】 歌集を編集するのに和歌を分類すること。春夏秋冬の四季、恋、離別、羇旅《きりょ》（旅に関する感懐を詠んだ歌）、雑歌《ぞうか》（他の部立てに分類されない多様な歌）など。百人一首では恋の歌が最も多い。

◆**よみ人しらず**【よみびとしらず】 歌を詠んだ人が誰かわからないこと。和歌や連歌の撰集で、作者が不明の場合や事情があって氏名の明記を避けた場合に、作者名の位置に記す語。『万葉集』には「作者未詳」「作者不審姓名」などとあるが、『古今集』以降は、「よみ人しらず」が作者不明を示す用語となった。

◆**六歌仙**【ろっかせん】 『古今集』の序に掲げられている六人、すなわち平安初期、歌道に秀《ひい》でて歌仙と称せられた在原業平《ありわらのなりひら》・僧正遍昭《そうじょうへんじょう》・喜撰法師《きせんほうし》・大友黒主《おおとものくろぬし》・文屋《ふんやの》康秀《やすひで》・小野小町《おののこまち》の称。

※数字は歌番号

64

権中納言定頼【995-1045】藤原定頼。平安中期の歌人。四条大納言公任《きんとう》の息子。権中納言四位に至り、四条中納言と呼ばれた。小《こ》式部内侍《しきぶのないし》に60番の歌を詠ませた人で、他にも相模らと交渉があった。中古三十六歌仙の一人。

権中納言定頼【ごんちゅうなごんさだより】

朝ぼらけ宇治《うぢ》の川霧《かはぎり》たえだえに
あらはれわたる瀬々《せぜ》の網代木《あじろぎ》

◇千載和歌集　巻六・冬・四二〇　詞書「宇治《うじ》にまかりて侍《はべ》りける時よめる」

◉朝ぼらけ（夜の明けがた）の宇治川では、一面に立ちこめていた川霧がところどころとぎれて、その絶え間から瀬々に掛けられた網代木《あじろぎ》がだんだん現れてきた。

■**宇治の川霧**　宇治川の川面に立ちこめた朝霧。宇治川は山城国《やましろのくに》の歌枕。■**あらはれわたる**　「わたる」は「～し続ける」の意の接尾語。■**瀬々**　いくつもの浅瀬。■**網代木**　杭《くい》を立てて、木や竹を編んだものを渡し、一部分だけを開けて魚を獲る仕掛け。宇治川の景物とされた。

宇治川の網代《あじろ》

柿本人麻呂《かきのもとのひとまろ》が「もののふのやそ宇治川の網代木《あじろぎ》にいさよふ浪《なみ》のゆくへ知らずも」（『万葉集』巻三・二六四）と嘆じて以来、網代木《あじろぎ》は宇治川になくてはならない景物である。初瀬《はつせ》（長谷寺）詣《もう》でなどで大和《やまと》地方へおもむく人は、途中宇治川を通る。その時、都人にとっては珍しいこの網代木に必ず目をとめたのだった。

たとえば、『蜻蛉日記《かげろうにっき》』には「宇治の川によるほど、霧はきし方見えず立ちわたりて、いとおぼつかなし。車かきおろして、こちたくとかくするほどに、人声多くて、『御車おろしたてよ』とののしる。霧の下より、例の網代《あじろ》も見えたり。いふかたなくをかし」、また『更級日記《さらしなにっき》』にも「いみじう風の吹く日、宇治の渡りをするに、網代いと近う漕《こ》ぎ寄りたり。音にのみ聞きわたりこし宇治川の網代の浪《なみ》もけふぞ数ふる」と記されている。

そして、『源氏物語』でも、網代は都人の見物の対象とされている。「十月朔日《ついたち》ごろ、網代もをかしきほどならむ、とそそのかしきこえたまひて、紅葉御覧ずべく申しさだめたまふ」（総角《あげまき》）。このような都人たちのパターン化した行動様式に則《のっと》って、定頼も網代の見え隠れする川面《かわも》を望んだのであろう。

宇治川

琵琶湖《びわこ》に発し、淀川《よどがわ》に注ぐ。宇治は京都・奈良間の交通の要衝であり、美しい風光が平安貴族たちに愛された。

相模〔生没年未詳〕平安後期の歌人。相模守《さがみのかみ》大江公資《きんより》の妻となったので相模と呼ばれたが、公資とはのちに離別した。藤原定頼《さだより》とも交渉があった。一《いっ》品宮脩子《ぼんのみやしゅうし》内親王に出仕している。中古三十六歌仙の一人。

65

相模【さがみ】

恨《うら》みわび干《ほ》さぬ袖《そで》だにあるものを 恋《こひ》に朽《く》ちなむ名こそ惜《を》しけれ

◇後拾遺和歌集 巻十四・恋四・八一五 詞書「永承《えいしょう》六年内裏歌合《だいりうたあわせ》に」

◉恨《うら》み嘆《なげ》いた末、もう恨む気力もなくなって、流す涙の乾《かわ》かないわたしの袖《そで》、それが朽《く》ちてしまうだけでも耐えられないのに、その上さらにわたしの名が実らぬ恋のために朽ちてしまうことが残念でなりません。

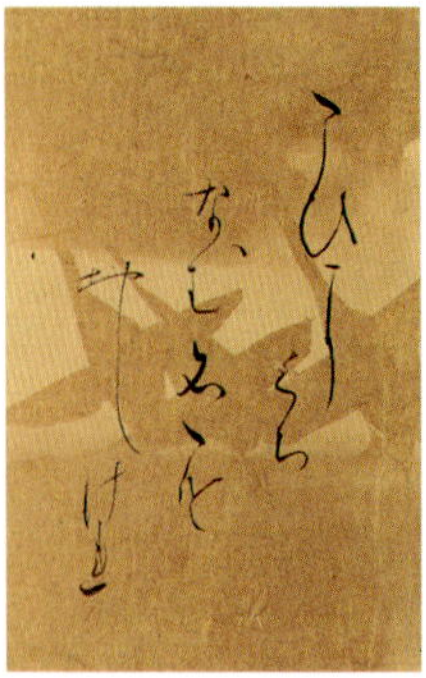

■**恨みわび** 「わび」は接尾語的な用法で、恨むことにわびる、つまりさんざん恨んだ末に、もう恨む気力もなくなった状態をいう。■**干さぬ袖だにあるものを** 「干さぬ袖」とは、涙を乾かしきれぬ袖のことである。いつまでも乾かさないと、袖は朽ちてしまう。「だに」と「ある」の間に、下の「惜し」の意が省略されている。

浮き名を惜しむ女

古《いにしえ》の女は、あの女《ひと》は恋をしているのだと世人に噂《うわさ》されることをひどく懼《おそ》れた。たとえば、藤原鎌足《かまたり》に求愛された時、鏡王女《かがみのおおきみ》は、

玉くしげ覆《おほ》ふを安み開けていなば君が名はあれどわが名し惜しも

（『万葉集』巻二・九三）

と嘆いているし、また男に「夢の中で逢った」と言われて、

祈りけむことは夢にて限りてよさても逢ふてふ名こそをしけれ

（『後拾遺集』雑二・九四四 四条宰相《さいしょう》）

と詠んだ女性もいる。

このように、名を惜しむのは男ばかりではなく、女も聡明な女であればあるほど、名を惜しんだ。が、同時に、名を惜しむばかりに捨て身になれず、恋を遂げえないこともあったであろう。

66

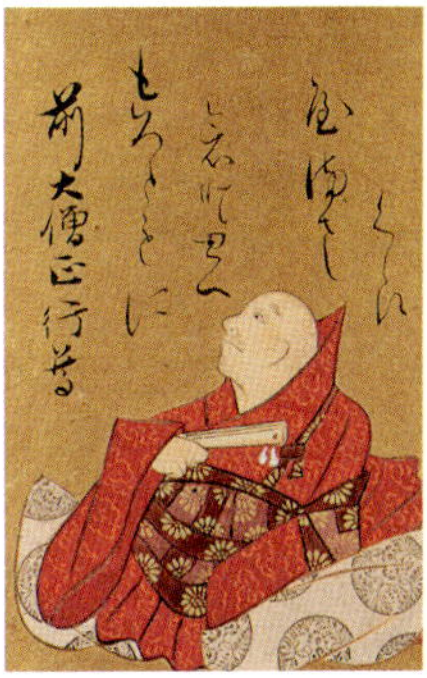

前大僧正行尊　[1055-1135] 平安後期の僧。参議 源基平《みなもとのもとひら》の子。園城寺《おんじょうじ》(三井寺《みいでら》)に入り、天台座主《ざす》となった。十六歳から熊野大峰を中心に、山伏修験《やまぶししゅげん》の修行を重ね、その体験を和歌に詠んだ。中古三十六歌仙の一人。

前大僧正行尊【さきのだいそうじょうぎょうそん】

もろともにあはれと思へ山桜
花よりほかに知る人もなし

◇金葉和歌集　巻九・雑上・五二一　詞書「大峯《おおみね》にて思ひもかけず桜の花咲きたりけるを見てよめる」

◉わたしがおまえをいとしく思うのと同じく、おまえもこのわたしのことをしみじみいとしいと思ってくれ、山桜よ。花であるおまえ以外、わたしは知る人もいないのだ。

■**山桜**　山桜よと呼びかけた句。

■**知る人もなし**　「われを」または「われは」知る人もいないという。

深山の桜と孤独な修行者

詞書にいう「大峯」は、吉野《よしの》の大峰山《おおみねさん》。現在の正称は山上《さんじょう》ケ岳《がだけ》、標高一七一九メートル。古来山伏《やまぶし》の修行の場として有名である。「思ひもかけず」は季節はずれのためではなく、契沖《けいちゅう》が「是は深山木《みやまぎ》はおほかた常磐木《ときはぎ》にて有る中に、桜のまれに有るをいふなり」(『百人一首改観抄《かいかんしょう》』下)というように、常磐木《ときわぎ》の中に桜を見出したからと見るべきであろう。

『行尊《ぎょうそん》大僧正集』では、この歌の直前に「思ひかけぬ山中に、まだつぼみたるも交《まじ》りて咲きて侍《はべ》りしを、風に散りしかば」の詞書の下に、

山桜いつをさかりとなくしてもあらしに身をもまかせつるかな

風に吹き折れても、なほめでたく咲きて侍りしかば
折り臥《ふ》せてのちさへにほふ山桜あはれ知れらむ人に見せばや

の二首が収められている。

これら一連の作の中で読むと、行尊が「いつをさかりとなくして」山風に吹き折られ、吹き散らされそうになりながらも必死なまでに美しく咲いている山桜と自分自身とを、ほとんど同一視して詠嘆していることがよくわかる。

67

周防内侍　[?-1110?]　平安後期の歌人。周防守《すおうのかみ》平棟仲《むねなか》の娘。後冷泉《ごれいぜい》・後三条・白河・堀河の四天皇に出仕した。藤原顕季《あきすえ》、『後拾遺集《ごしゅういしゅう》』撰者の藤原通俊《みちとし》、讃岐典侍《さぬきのすけ》などとも親交があった。

周防内侍【すおうのないし】

春の夜《よ》の夢ばかりなる手枕《たまくら》に
かひなくたたむ名こそ惜《を》しけれ

◇千載和歌集　巻十六・雑上・九六四　詞書「二月ばかり月明《あか》き夜、二条院にて人あまた居明して物語などし侍《はべ》りけるに、内侍周防《ないしすおう》寄り臥《ふ》して、枕もがなとしのびやかにいふを聞きて、大納言忠家《ただいえ》、これを枕にとてかひなを御簾《みす》の下よりさし入れて侍りければ、よみ侍りける」

◉短い春の夜の夢のように、あなたの手枕《てまくら》をお借りしてうたたねの夢を結んだだけのことで、その甲斐《かい》もなく浮き名が立つのは残念でございます。

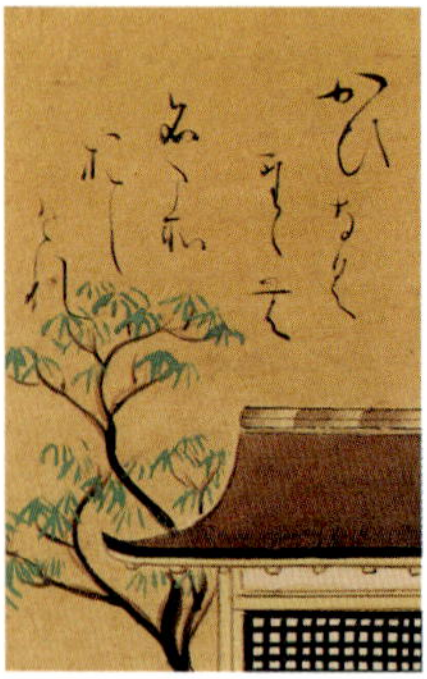

■**手枕**　忠家が「これを枕に」と言って御簾《みす》の下から腕をさし入れてきたのを受けた表現。■**かひなく**　「かひなく（甲斐なく）」に「かひな（腕）」を物名《もののな》ふうに詠み入れた。■**名**　浮き名。

恋人同士を装ったたわむれのやりとり

詞書《ことばがき》中の「二条院」とは、一条院皇女で後冷泉院《ごれいぜいいん》中宮の章子内親王の御所をいう。「大納言忠家《ただいえ》」は藤原忠家《ただいえ》、長家《ながいえ》の息子、俊成《としなり》の祖父である。忠家は周防内侍《すおうのないし》の歌に対して、返歌を詠んでいる。

契りありて春の夜深き手枕《たまくら》をいかがかひなき夢になすべき
（『千載集』雑上・九六五）

周防内侍の歌の「夢ばかりなる」という句は、恋の歌によく用いられるもので、なまめかしい連想を起こさせる句である。それに「春の夜の」と冠することによって、いよいよ甘美な雰囲気を出した。これに応えた忠家の歌は、「契りありて」と前世の因縁をちらつかせ、「いかがかひなき夢になすべき」と迫ってゆくあたり、中年貴族の一種の図々しさが感じられて、おもしろい。

しかし、これは擬似《ぎじ》恋愛である。二条院で殿上人《てんじょうびと》や女房が大勢集まっていた場で披露してみせた、当意即妙の機知に富んだやりとりだったのである。

和歌の表現

◆**枕詞**【まくらことば】 五音節以下の語句で、一定の語句の上に固定的について、これを修飾するが、歌全体の意味に直接にはかかわらないもの。調子を整えたり、余情を添えたりする。

例　2　白妙《しろたへ》の→衣　　3　あしひきの→山
　　17　ちはやぶる→神

◆**序詞**【じょことば】 ある語句を引き出すために、音やイメージの上の連想からその前に冠する七音節以上の言葉。二句以上三、四句におよぶものもある。

例　3　あしひきの山鳥の尾のしだり尾の→ながながし
　　18　住の江の岸に寄る波→よる
　　51　かくとだにえやはいぶきのさしも草→さしも

◆**掛詞**【かけことば】 同じ音で意味の異なる語を重ねて二重の意味を含ませるもの。一方の語は自然、一方の語は人事を表すことが多い。

例　9　わが身世にふるながめせしまに（降る　長雨／経る　眺め）
　　16　立ち別れいなばの山の峰に生ふる（因幡／往なば）
　　　　まつとし聞かば今帰り来む（松／待つ）

◆**縁語**【えんご】 ある言葉と意味上密接に関連し合うような言葉を、他の箇所に使用して、表現のおもしろみやあやをつけること。

例　55　滝の音は絶えて久しくなりぬれど
　　　　名こそ流れてなほ聞こえけれ
　　80　ながからむ心も知らず黒髪の
　　　　乱れてけさはものをこそ思へ
　　88　難波江《なにはえ》の蘆《あし》のかりねのひとよゆゑ
　　　　身を尽くし（澪標《みをつくし》）てや恋ひわたるべき

◆**本歌取り**【ほんかどり】 古歌の語句、発想、趣向などを意識的に取り入れる表現方法。背景に古歌の世界を想像させ、詩情をいっそう豊かにするもの。『新古今集』の時代にさかんに行われた。『古今集』の「み吉野の山の白雪つもるらしふるさと寒くなりまさるなり」を本歌として、「み吉野の山の秋風さ夜更《ふ》けてふるさと寒く衣打つなり」と詠んだ94の歌などがその例。

◆**体言止め**【たいげんどめ】 和歌の第五句を体言で止めること。体言で終わることにより、絵画的な情景が描き出され、また、読み手はその後に続く言葉を想像することにもなり、そこに余韻が生まれる。31「あさぼらけ有明の月と見るまでに吉野の里に降れる白雪」、87「村雨の露もまだ干ぬまきの葉に霧立ちのぼる秋の夕暮」など。

※数字は歌番号

68

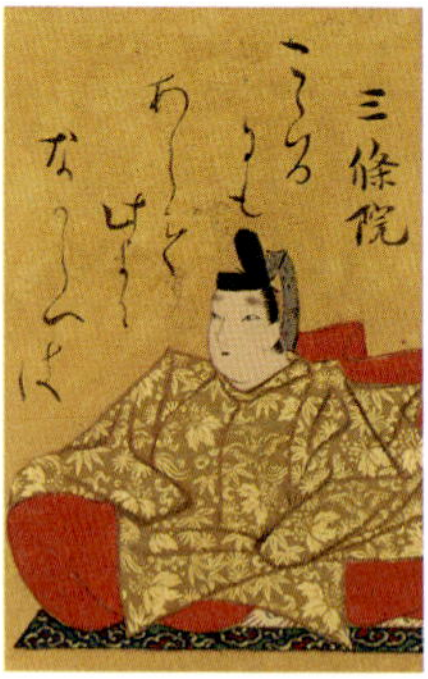

三条院　[976–1017]　第六七代の天皇。冷泉《れいぜい》天皇の第二皇子。藤原道長の全盛時代で、眼病のため道長の外孫の後一条天皇に譲位した。

三条院【さんじょういん】

心にもあらで憂《う》き世に長らへば
恋《こひ》しかるべき夜半《よは》の月かな

◇後拾遺和歌集　巻十五・雑一・八六〇　詞書「例ならずおはしまして、位などさらむとおぼしめしけるころ、月の明かりけるを御覧《ごらん》じて」

◉不本意ながら、この憂《う》くつらい世に生き永《なが》らえていたならば、きっと恋しく思い出されるに違いない、今宵《こよい》の月だなあ。

■**心にもあらで**　「で」は打消の接続助詞。不本意にもの意。■**長らへば**　「ながらへ」は「ながらふ」の未然形。「ば」は仮定の接続助詞。■**恋しかるべき**　「べき」は推量の助動詞「べし」の連体形。

衰えゆく身にふりそそぐ月光

この歌が詠《よ》まれた事情は、『栄花《えいが》物語』巻十二「玉の村菊《むらぎく》」に詳《くわ》しく語られている。それによれば、長和四（一〇一五）年十二月十日余りの月を見て、中宮妍子《けんし》（藤原道長の娘）に与えた歌である。同物語には「中宮の御返し」とのみあって、返歌は記されていない。詞書にいう「例ならず」とは、重病を患っての意である。この帝は眼病を患っていた。「こと人の見たてまつるには、いささか変らせたまふことおはしまさざりければ、そらごとのやうにぞおはしましける」（『大鏡』巻一）という。白内障《はくないしょう》であったかといわれている。

三条天皇はこの歌を詠んだ翌年の正月二十九日譲位し、その後まもなく、愛する皇女当子内親王と藤原道雅《みちまさ》とのスキャンダルに心を痛めねばならなかった。このような苦渋《くじゅう》にみちた自分の将来を予感しつつ、暗澹《あんたん》たる思いで、わずかに見える美しい月光をふり仰いで詠んだのであった。撰者の定家《ていか》をはじめとして、三条天皇の悲運の人生を知る者はみな、この歌の奥にひそむ悲痛な響きに吸い寄せられるような思いであったに違いない。

69

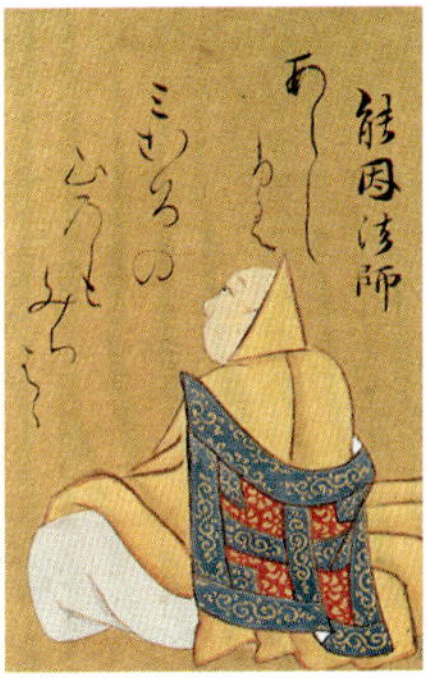

能因法師 ［988-？］平安中期の僧・歌人。俗名 橘永愷《たちばなのながやす》。初め文章生《もんじょうしょう》となったが、のち出家。藤原長能《ながよし》に和歌を学んだ。数寄《すき》の者として逸話が多い。奥州・中国・四国など各地を旅している。中古三十六歌仙の一人。

能因法師【のういんほうし】

嵐《あらし》吹く三室《みむろ》の山のもみぢ葉は
竜田《たつた》の川の錦《にしき》なりけり

◇後拾遺和歌集　巻五・秋下・三六六　詞書「永承《えいしょう》四年内裏歌合《だいりうたあわせ》によめる」

◉烈しい山風が吹き散らした三室山《みむろやま》の紅葉《もみじ》は、さながら竜田川《たつたがわ》にさらす錦《にしき》であるよ。

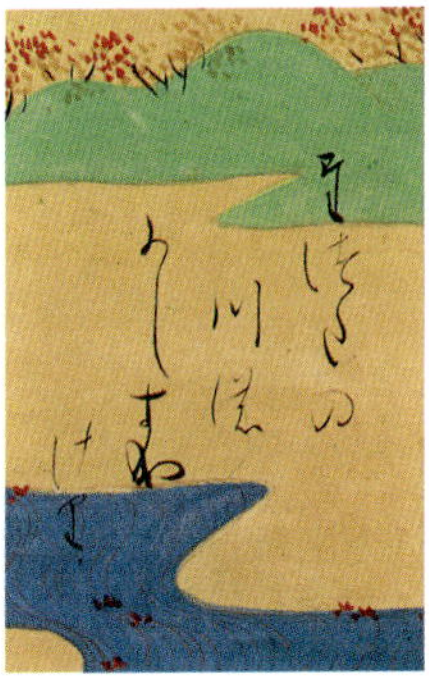

■**嵐**　山風。■**三室の山**　大和国の歌枕《うたまくら》。奈良県生駒《いこま》郡斑鳩《いかるが》町。竜田川《たつたがわ》の下流西岸の丘で、三諸山・神奈備山《かんなびやま》とも呼ばれた。■**竜田の川**　大和国の歌枕。三室山の東のふもとを流れる川。紅葉の名所として有名であった。

錦繍《きんしゅう》に彩られた大和の秋景色

永承《えいしょう》四（一〇四九）年十一月九日『内裏歌合《だいりうたあわせ》』で勝とされた歌である。竜田川に散り敷いた三室山の紅葉を錦に見立てた、

竜田川《たつたがは》もみぢ乱れて流るめり渡らば錦なかや絶えなむ
（『古今集』秋下・二八三　読人しらず）

神なびのみむろの山を秋ゆけば錦たちきるここちこそすれ
（同　秋下・二九六　壬生忠岑《みぶのただみね》）

などの古歌を念頭に置いたものであろう。

尾形光琳《おがたこうりん》の竜田川の図が思い浮かぶような、絢爛《けんらん》豪華な情景を詠んだものであるが、かといって単に静的な世界とは言えない。初句ではこの静かな絵のような風景が、「あらし」によってもたらされたものであることをおさえている。歌合《うたあわせ》の場で披《ひ》講《こう》された歌としてはふさわしい作であるといえよう。

しかし、これを漂泊の歌人能因《のういん》の代表作と見なすことはためらわれる。『能因集』は自撰家集だが、能因はその中にこの歌を選び入れていない。近代の諸注釈書においても、この歌の評価はきわめて低い。歌の出来不出来はさておくとしても、数寄《すき》の遁世《とんせい》歌人能因の面目躍如の歌とはいい難いことは確かであろう。

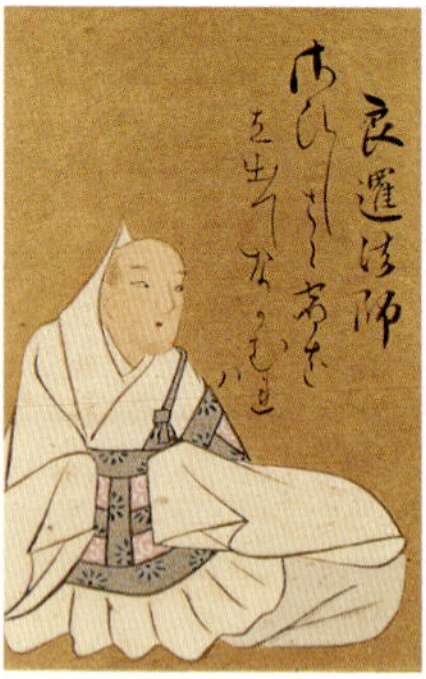

良暹法師　［生没年未詳］平安中期の僧・歌人。比叡山の僧で、祇園《ぎおん》の別当を務めたと伝える。大原に隠栖したと伝える。伏見修理大夫橘俊綱《ふしみしゅりのだいぶとしつな》と親交があり、彼の伏見邸サロンを通じて、賀茂成助《かものなりすけ》・藤原国房《くにふさ》らとも交流を持った。

70

良暹法師【りょうぜんほうし】

寂しさに宿を立ち出《い》でてながむれば
いづくも同じ秋の夕暮《ゆふぐれ》

◇後拾遺和歌集　巻四・秋上・三三三　詞書「題しらず」

◉さびしさに耐《た》えかねて、家を出てあたりをじっと見つめると、どこも同じようにさびしい秋の夕暮れ。

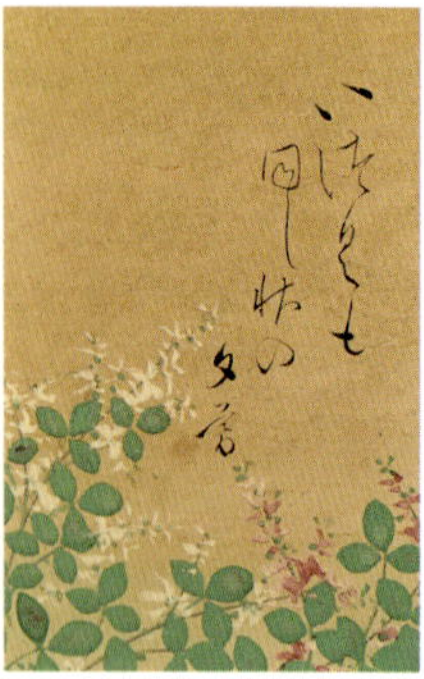

宿　家の意。
ながむれば　じっと物思いに沈みながら見つめるとの意。

逃げ場のない寂しさに立ちつくす

『古今集』雑躰《ざったい》の巻頭に見える読人《よみひと》しらずの長歌に、

すみぞめの　夕べになれば　ひとりゐて　あはれあはれと
嘆きあまり　せんすべなみに　庭にいでて　たちやすらへば

と歌っているのに共通する姿勢である。

家（それは庵《いおり》であろう）の内にあって、このどうしようもないさびしさは自分だけのものかと思った作者は、家を出て四方を見渡す。そして、天下に満ちる秋のさびしさを改めて知ったのである。『古今集』に収められた大江千里《おおえのちさと》の歌、

月見ればちぢに物こそかなしけれわが身ひとつの秋にはあらねど
（『古今集』秋上・一九三）

とは逆である。大江千里は、「わが身ひとつの秋」ではないとわかっていながら、やはりあくまでもわが身の悲しさを声高に訴えようとしたのであった。良暹《りょうぜん》の歌には、個人の感情をも普遍的なレベルに置いて捉えようとする思考形式が認められる。それはこの作者の資質によるものか、あるいは時代の傾向であったのかもしれない。

大原の秋

良暹法師は、晩年、洛北大原に住んだと言われる。(手前は建礼門院陵《けんれいもんいんりょう》。奥の建物は天台宗の尼寺・寂光院《じゃっこういん》)

71

大納言経信【だいなごんつねのぶ】

**夕《ゆふ》されば門田《かどた》の稲葉《いなば》おとづれて
蘆《あし》のまろ屋《や》に秋風ぞ吹く**

◇金葉和歌集　巻三・秋・一七三　詞書「師賢朝臣《もろかたのあそん》の梅津《うめづ》の山里に人々まかりて、田家ノ秋風といへることをよめる」

◉夕方になると、黄金に色づいた門田《かどた》の稲の葉にさらさらと音をたてて、蘆葺《あしぶ》きの小屋に秋風が吹きつける。

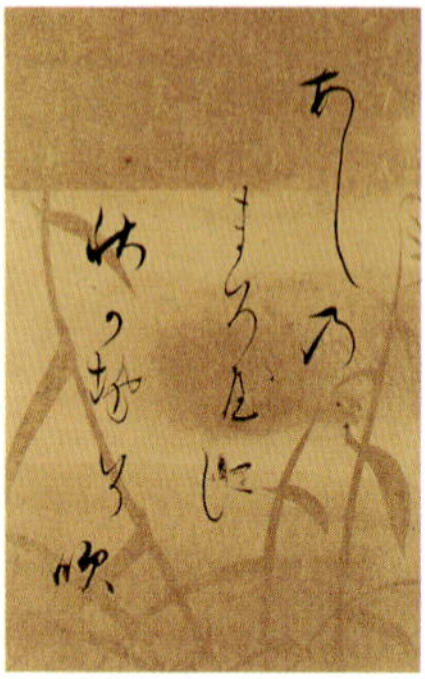

大納言経信　［1016–1097］　源《みなもと》経信。平安後期の公卿《くぎょう》。権中納言道方の子。俊頼（74番の作者）の父。大納言兼大宰権帥《だざいのごんのそち》正二位に至り、大宰府《だざいふ》で没した。博識多芸の人で、詩歌管弦にすぐれていた。

■**夕されば**　「され」はその時、季節になる意の「さる」の已然形。夕方になるとの意。■**門田**　家の門のほとりにある田。■**蘆のまろ屋**　蘆《あし》で屋根を葺《ふ》いた粗末《そまつ》な小屋。師賢《もろかた》の山荘を指し、同時に経信《つねのぶ》自身の姿を重ねてもいるのだろう。

田園への憧れ

詞書《ことばがき》中の「師賢」は、源師賢《みなもとのもろかた》。郢曲《えいきょく》・琵琶《びわ》・和琴《わごん》・笛と、楽の諸道に達していた風流貴公子であった。その山荘が京の西、梅津の里にあった。そこに集うた歌人たちが場所に叶《かな》った「田家ノ秋風」の題で詠歌したのであった。

経信には田園風景を詠じた作品が少なくない。そしてこの歌に用いられた「門田」「稲葉」「蘆《あし》のまろ屋」などは、経信愛用の歌語でもあった。しかし、これは経信個人の好みというよりは、後冷泉《ごれいぜい》朝あたりから院政《いんせい》期にかけての歌人や文人に共通の好尚であったと思われる。

都市生活が爛熟《らんじゅく》の極に達すると、人間は渇《かつ》えたように自然を求める。摂関時代の最盛期も、そのような、都市生活が一つの極点に達した時期であったかもしれない。そして、それに引き続く、後冷泉朝から院政期ころの貴族の間には、田園趣味が流行した。

つまり、経信のこの清新な田園の歌も、いってみれば、作者の生きた時代の好尚の最大公約数的表現であるともいえるであろう。すぐれた詩人は、時代全体の志向を最も鋭敏に感じ取り、それをみごとに表現するのである。

72

音《おと》に聞く高師《たかし》の浜《はま》のあだ波は かけじや袖《そで》のぬれもこそすれ

祐子内親王家紀伊【ゆうしないしんのうけのきい】

祐子内親王家紀伊［生没年未詳］平安後期の歌人。後朱雀《ごすざく》天皇の皇女祐子内親王に出仕した。永久元（一一一三）年には生存。

◇金葉和歌集　巻八・恋下・四六九　詞書「返《かえ》し」。前歌「堀河院御時《ほりかわいんのおおんとき》艶書合《けそうぶみあわせ》によめる　中納言俊忠《としただ》　人しれぬ思ひありその浦風に波のよるこそいはまほしけれ」の返歌である。

◉噂《うわさ》に高い高師《たかし》の浜の、いたずらに立ち騒ぐ波にはかかりますまい。袖《そで》が濡《ぬ》れると大変です。浮気者で名高いあなたとお付き合いすることはやめましょう。あとで泣きを見るのはたまりません。

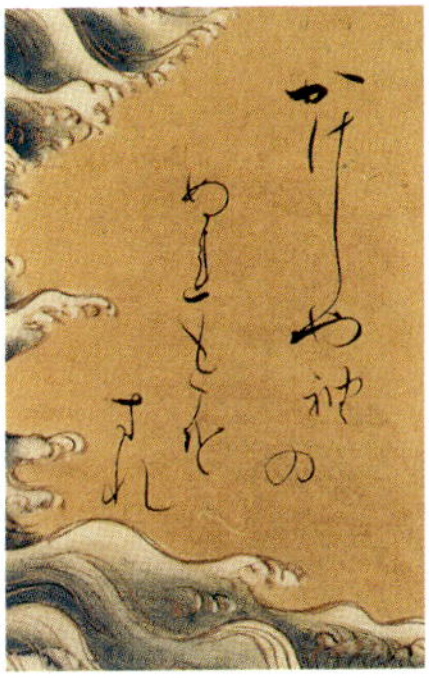

■**高師の浜**　和泉国《いずみのくに》の歌枕《うたまくら》。大阪府高石市。■**あだ波**　ざわざわといたずらに立ち騒ぐ波。相手の男性の浮気心の比喩《ひゆ》。■**かけじや**　「じ」は打消意志の助動詞。「や」は詠嘆の終助詞。波と浮気な男性の心を共に受ける。■**ぬれもこそすれ**　「もこそ」は将来の好ましくない事態を危ぶむ心を表す慣用句で、「も」「こそ」はともに係助詞。濡《ぬ》れると大変だの意。

擬似恋愛を楽しむ

康和《こうわ》四（一一〇二）年閏《うるう》五月の『堀河院艶書合《けそうぶみあわせ》』での詠。『金葉集』によると、藤原俊忠が「わたしは人知れずあなたに思いをかけています。荒磯《ありそ》の浦を吹く風に波が寄るように、夜お話ししたい（お逢《あ》いしたい）ものです」と詠んだのに対して、紀伊は拒絶の心で返したのである。この時紀伊《きい》は七十歳くらいの老女で、これまた擬似恋愛、模擬恋愛の贈答歌である。この応答、古《いにし》えの歌垣《うたがき》の伝統を思わせるものがある。女はこのような時、男の誘いを手厳しく拒むのが常なのであった。

とりもあへずたち騒がれしあだ波にあやなく何に袖《そで》の濡《ぬ》れけむ

（『後撰集』雑二・一一五九　読人しらず）

という歌がある。これは男に物を言いかけられた女が騒いだので、男が（たぶんむなしく）帰った翌朝、「あなたに騒がれて立ったので、つらくて潮に袖は濡れました」という男の歌への返歌である。紀伊はこの歌などを念頭に置いているのかもしれない。◈

73

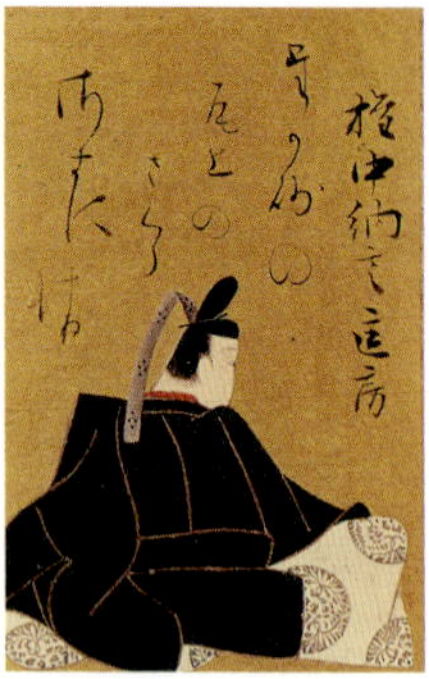

前権中納言匡房　[1041-1111]
大江《おおえの》匡房。平安後期の学者・歌人。大学頭成衡の子。匡衡《まさひら》・赤染衛門《あかぞめえもん》(59番の作者)の曾孫に当たる。儒者としては破格の権中納言大宰帥《だざいのそち》正二位に至り、江帥《ごうのそち》と呼ばれた。当代随一の博学で知られた。

前権中納言匡房【さきのごんちゅうなごんまさふさ】

高砂《たかさご》の尾《を》の上《へ》の桜咲きにけり
外山《とやま》の霞《かすみ》立たずもあらなむ

◇後拾遺和歌集　巻一・春上・一二〇　詞書「内大臣《ないだいじん》の家にて人々酒たうべて歌よみ侍《はべ》りけるに、遥《はる》かに山桜を望むといふ心をよめる」

◉あのむこうの、高い山の峰《みね》の桜が咲いたなあ。近い山の霞《かすみ》はどうか立たないでほしい。

■**高砂**　播磨《はりま》国の歌枕《うたまくら》である「高砂」ではなく、ここでは「高砂の」で「尾の上」にかかる詞で、高い山の意を表す句ととりたい。■**尾の上**　山の頂の意。■**外山の霞**　「外山」は人里近い山。「外山の霞」が「高砂の尾の上の桜」を隠しかねない障害物としてとらえられている。■**立たずもあらなむ**　「なむ」はあつらえの終助詞。どうか立たないでほしいと願う意。

高砂《たかさご》の尾《お》の上《え》の桜

『後拾遺集』詞書中の「内大臣」とは、後二条関白《かんぱく》藤原師通《もろみち》である。この歌は家集『江帥集《ごうそちしゅう》』には、「内大臣殿、遠山桜有序」として揚げられている。匡房《まさふさ》は序代《じょだい》(漢文の和歌序《じょ》)をも献じたのであろう。

匡房以前に「高砂の尾の上の桜」を詠《よ》んだ例として、

花山にて、道俗酒らたうべけるをりに　素性法師《そせいほうし》
山守はいはばいはなむ高砂《たかさご》の尾上《をのへ》の桜折りてかざさむ
(『後撰集』春中・五〇)

がある。匡房はこの歌を念頭に置いて詠んだのかもしれない。とすると、やはり匡房の「高砂の尾の上」は素性同様、地名ではなく、一般的に高い山ということになる。

手前に「外山」があり、その奥に「高砂の尾の上」がそびえている。奥行きのある構図である。作者は、「霞立たずもあらなむ」と訴えているが、もしも外山《とやま》に霞がかかり、その絶え間から「高砂の尾の上の桜」がちらと見えたならば、むしろこの上ない幽玄の美が現出するであろう。

百人一首の出典

百人一首は、10の勅撰和歌集《ちょくせんわかしゅう》（天皇の勅命《ちょくめい》または上皇や法皇の院宣《いんぜん》によって編纂《へんさん》された公的な和歌集。『新続古今和歌集《しんしょくこきんわかしゅう》』までの二十一代集）から選ばれている。1～3を「三代集」、1～8を「八代集」、1～10を「十代集」という。それぞれの歌集の成立時期・撰者・特色を次に掲げた。

	歌集名	成立年	勅命・院宣	撰者	巻数	歌数	特色
1	古今和歌集《こきんわかしゅう》	延喜《えんぎ》五(905)年ごろ	醍醐天皇《だいごてんのう》	紀貫之《きのつらゆき》・紀友則《きのとものり》・凡河内躬恒《おおしこうちのみつね》・壬生忠岑《みぶのただみね》	20	1111	よみ人知らずの歌と六歌仙、撰者らおよそ一二七人の歌を収める。七五調、三句切れを主とし、見立て、縁語、掛詞など修辞的技巧が目だつ。優美繊細で理知的な歌風は、組織的な構成とともに後世へ大きな影響を与えた。
2	後撰和歌集《ごせんわかしゅう》	天暦《てんりゃく》七(953)年ごろ	村上天皇《むらかみてんのう》	大中臣能宣《おおなかとみのよしのぶ》、清原元輔《きよはらのもとすけ》、源順《みなもとのしたごう》、紀時文《きのときふみ》、坂上望城《さかのうえのもちき》	20	1425	紀貫之、伊勢《いせ》、凡河内躬恒ら二二〇人の歌を収める。私的な贈答歌が多く、歌物語的な傾向が見られる。撰者の五人は宮中の梨壺《なしつぼ》の和歌所で編纂に当たったところから「梨壺の五人」と呼ばれる。
3	拾遺和歌集《しゅういわかしゅう》	寛弘《かんこう》初年(1005-07)ごろ	花山院《かざんいん》	花山院を中心に成立したとみられる。	20	1351	藤原公任《ふじわらのきんとう》の私撰集『拾遺抄』との関連が深い。万葉歌や紀貫之、大中臣能宣、清原元輔の歌などが多い。
4	後拾遺和歌集《ごしゅういわかしゅう》	応徳《おうとく》三(1086)年	白河天皇《しらかわてんのう》	藤原通俊《ふじわらのみちとし》	20	1218	和泉式部《いずみしきぶ》、相模《さがみ》、赤染衛門《あかぞめえもん》、能因《のういん》、伊勢大輔《いせのたいふ》ら三二〇人あまりの歌を収める。女流歌人に焦点がおかれ、雑の部に神祇・釈教を新しく立て、叙景歌などに新風が見られる。
5	金葉和歌集《きんようわかしゅう》	大治《だいじ》二(1127)年	白河院	源　俊頼《みなもとのとしより》	10	650	源俊頼、源　経信《みなもとのつねのぶ》、藤原顕季《ふじわらのあきすえ》ら二二七人の歌を収める。客観的、写生的描写が多く、新奇な傾向も目立つ。
6	詞花和歌集《しかわかしゅう》	仁平《にんぴょう》元(1151)年ごろ	崇徳院《すとくいん》	藤原顕輔《ふじわらのあきすけ》	10	415	最も小規模な勅撰集。曾禰好忠《そねのよしただ》や和泉式部の歌が多く、同時代の歌は少ない。
7	千載和歌集《せんざいわかしゅう》	文治《ぶんじ》四(1188)年	後白河院《ごしらかわいん》	藤原俊成《ふじわらのとしなり》	20	1288	代表歌人は、源俊頼、藤原俊成、基俊《もととし》、崇徳院、和泉式部、西行《さいぎょう》など。抒情的な古今風と耽美的な新古今風とに通じる両面が見られる一方、宗教的傾向もある。
8	新古今和歌集《しんこきんわかしゅう》	元久《げんきゅう》二(1205)年	後鳥羽院《ごとばいん》	源通具《みなもとのみちとも》・藤原有家《ふじわらのありいえ》・家隆《いえたか》・定家《さだいえ》・雅経《まさつね》	20	1978	代表歌人は西行、慈円《じえん》、寂蓮、式子内親王《しょくしないしんのう》、藤原良経《ふじわらのよしつね》、俊成、定家、家隆など。耽美的・ロマン的・情趣的な傾向が強く、初句切れ、体言止めや、本歌取りの技法が見られる。その歌風は『万葉集』『古今集』と並び称される。
9	新勅撰和歌集《しんちょくせんわかしゅう》	文暦《ぶんりゃく》二(1235)年	後堀河天皇《ごほりかわてんのう》	藤原定家《ふじわらのさだいえ》	20	1374	代表歌人は、藤原家隆、良経、俊成、公経《きんつね》、道家《みちいえ》、慈円、源　実朝《みなもとのさねとも》など。鎌倉幕府関係者の作が多く、『宇治川集』などの異名をつけられたという。
10	続後撰和歌集《しょくごせんわかしゅう》	建長《けんちょう》三(1251)年	後嵯峨院《ごさがいん》	藤原為家《ふじわらのためいえ》	20	1371	代表歌人は定家・良経・俊成などで、『新勅撰集』にもれた後鳥羽院・土御門院《つちみかどいん》・順徳院《じゅんとくいん》の歌を多くとっているのが注目される。

74

源俊頼朝臣【みなもとのとしよりのあそん】

**憂《う》かりける人を初瀬《はつせ》の山おろしよ
激しかれとは祈らぬものを**

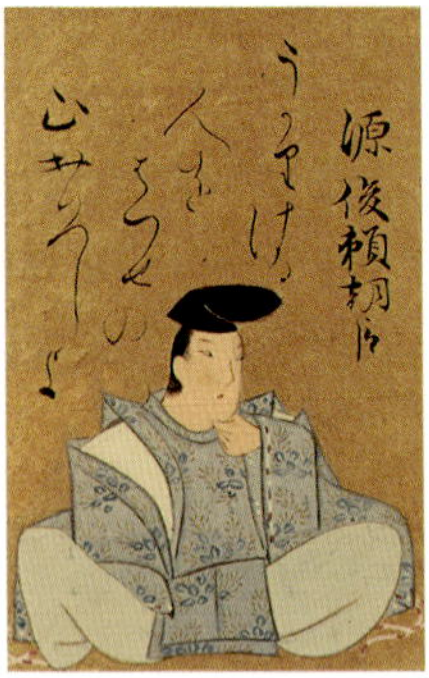

源俊頼朝臣 [1055-1129] 平安後期の歌人。大納言経信《つねのぶ》の子。俊恵《しゅんえ》の父。官は木工頭《もくのかみ》従四位上にとどまったが、歌人としては重んぜられ、白河上皇の命をうけ『金葉集《しゅう》』を撰進した。家集『散木奇歌《さんぼくきか》集《しゅう》』、歌学書『俊頼髄脳《としよりずいのう》』がある。

◇千載和歌集　巻十二・恋二・七〇八　詞書「権中納言俊忠ノ家に恋の十首ノ歌よみ侍《はべ》りける時、祈れども不レ逢ルハ恋といへる心をよめる」

◉冷淡だったあの人の愛情を得ようと初瀬《はつせ》の観音様に祈るにつけ、初瀬山から吹きつける山おろしのはげしさ。あの人がわたしに対してこのようにきびしくあれとは祈らなかったのに。

■**憂かりける**　「うかり」は「つれない」の意の形容詞の連用形。つれなかった、冷淡だったの意。■**初瀬**　大和国《やまと》の歌枕《うたまくら》。奈良県桜井市《さくらい》。山腹に真言宗豊山《ぶざん》派の総本山、長谷寺《はせでら》がある。本尊は観世音菩薩《かんぜおんぼさつ》。■**激しかれ**　はげしくあれの意。山おろしと恋人の態度と、両方にかけていったもの。

かなえられなかった観音様への祈願

『住吉物語《すみよしものがたり》』に、行方不明になった姫君の居所《きょしょ》を知ろうとして、九月ごろ初瀬に参籠《さんろう》した中将が、七日目の通夜の暁《あけ》がたの夢で、姫が現れて、「わたつ海《み》の底ともしらずわびぬれば住吉とここそあまはいひけれ」という歌を詠むのを見て住吉を訪れて再会するという件《くだ》りがある。また、『源氏物語』玉鬘《たまかづら》の巻で、右近《うこん》とその旧主人夕顔《ゆうがお》の娘である玉鬘とが再会するのも、初瀬詣《はつせもう》での人々が泊る椿市《つばいち》の宿においてであった。

このように、長谷《はせ》の観音の霊験《れいげん》あらたかなことは、広く人々に信じられていたらしい。しかし、俊頼の歌においては、その霊験すら無力と思われるほど、恋人は自分に冷たくつらく当たるのである。これは初瀬から吹きおろす山風を思わせる。つまり冷淡な恋人の仕打ちを、山から吹きおろす厳しく荒涼とした山おろしの風によって具象化したのであった。

後鳥羽院《ごとばいん》は『後鳥羽院御口伝』でこの歌を「もみもみと、人はえよみおほせぬやうなる姿」で、藤原定家が「庶幾《しょき》する（理想とする）姿」であると評している。定家の「年もへぬ祈る契りは初瀬山尾上の鐘のよその夕暮れ」（『新古今集』恋二・一一四二）という作がこの俊頼《としより》の歌の影響作であることは疑いない。◇

長谷寺

本尊の十一面観世音菩薩は、平安時代には貴族、特に女性の信仰が厚かった。

藤原基俊　[1060?-1142]　平安後期の歌人・歌学者。右大臣俊《とし》家《いえ》の子。名門の出自でありながら、左衛門佐《さえもんのすけ》従五位上にとどまった。源俊頼《としより》の好敵手とされ、両人をめぐる逸話は鴨長明《かものちょうめい》の『無《む》名抄《みょうしょう》』などに語られている。

75

藤原基俊【ふじわらのもととし】

契《ちぎ》りおきしさせもが露を命にて
あはれ今年の秋もいぬめり

◇千載和歌集　巻十・雑上・一〇二六　詞書「律師光覚《りっしこうがく》、維摩会《ゆいまえ》の講師《こうじ》の請を申しけるを、度々もれにければ、法性寺入道前太政大臣《ほっしょうじにゅうどうさきのだじょうだいじん》に恨み申しけるを、しめぢが原のと侍《はべ》りけれども、またその年ももれにければ、よみてつかはしける」

◉「私を頼みに思っていよ」とお約束してくださいましたその御一言―させも草の葉に置く露のようなはかないお言葉を命をつなぐ頼みとしておりますうちに、ああ、今年の秋も空しく去ってしまうようです。

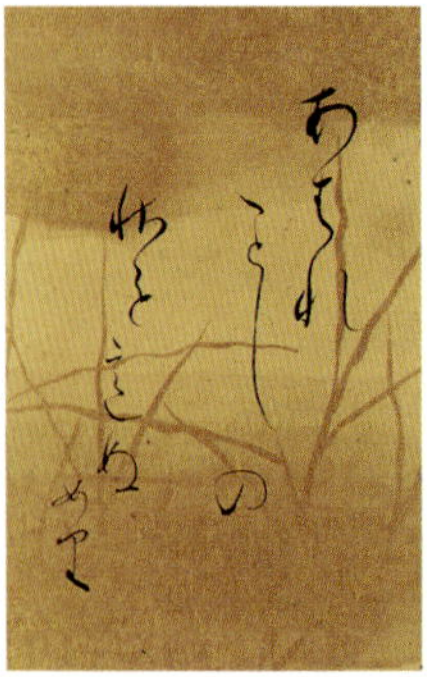

■**契りおきしもが露**　約束しておいたの意。「おき」は下の「露」の縁語《えんご》。■**させもが露**　詞書に見える、法性寺入道前太政大臣（忠通）が基俊の依頼に対して、「なほたのめしめぢが原のさしも草わが世の中にあらむかぎりは」（『袋《ふくろ》草紙《ぞうし》』上）という清水観音作と伝えられる歌を引いて承諾した約束事を指す。

子を思う父親の苦悩

『千載集《せんざい》』の詞書《ことばがき》にいう「律師光覚《りっしこうがく》」は作者基俊《もととし》の息子である。「維摩会《ゆいまえ》の講師《こうじ》」は藤原氏の氏寺《うじでら》である興福寺《こうふくじ》で、十月十日から七日間行われた、『維摩経』を講読する法会を「維摩会」といい、その講師となること。僧侶としてたいそう名誉あることだったので、基俊は子光覚がこの役を命ぜられるよう、藤原氏の氏《うじの》長者である藤原忠通《ただみち》に申請したのである。それに対して忠通は「しめぢが原の」と答えた。つまり、語釈の欄に引いた清《きよ》水寺《みずでら》の観音の託宣歌《たくせんか》の一句を引き、「私がいる限り大丈夫だ。期待しておれよ」と答えたのであった。しかし、その年の秋も光覚は選に洩《も》れてしまった。それを恨んだ子煩悩《こぼんのう》な父親の嘆きがこの作なのである。

家集『基俊集』の中に、この光覚《こうがく》のことは頻出《ひんしゅつ》する。

ならになさなき子をやりてゆきのふりしかば、師の僧のもとにやり侍《はべ》し（一三五番詞書《ことばがき》）。月のおもしろきよ、ならに侍るこのこひしく侍りしかば、永縁そうづのもとにいひやりし（一四七番詞書）

などと、基俊《もととし》が溺愛《できあい》していたことが知られる。

76

法性寺入道前関白太政大臣【ほっしょうじにゅうどうさきのかんぱくだいじょうだいじん】

わたの原漕《こ》ぎ出《い》でて見ればひさかたの
雲居《くもゐ》にまがふ沖つ白波《しらなみ》

◇詞花和歌集　巻十・雑下・三八二　詞書「新院位におはしましし時、海《かい》上《しょう》ノ遠望といふことをよませ給ひけるによめる」

◉大海原に船を漕ぎ出して見ると、空の雲に見まがう沖の白波。

法性寺入道前関白太政大臣【1097-1164】藤原忠通《ただみち》。平安後期の公卿《くぎょう》。父は忠実《ただざね》。兼実《かねざね》・慈円《じえん》の父。関白太政大臣従一位に至る。俊頼《としより》・基俊《もととし》を中心に忠通歌壇を形成した。漢詩をもよくし、また法性寺流の能書で知られる。

■**わたの原**　大海原の意。■**ひさかたの**　「雲居」に掛《か》かる枕詞《まくらことば》。■**雲居**　空とも天とも解しうるが、ここでは雲と解した方が躍動的な風景が想像できる。■**まがふ**　まぎれて区別しがたい状態をいう。■**沖つ白波**　「つ」は「の」と同じ意味の格助詞。

船上からの眺望

『詞花集《しかしゅう》』詞書《ことばがき》中の「新院」とは崇徳院《すとくいん》のことである。作者忠通は保元《ほうげん》の乱の際、後白河《ごしらかわ》天皇の関白《かんぱく》として、崇徳院側であった父忠実《ただざね》や弟の左大臣頼長《よりなが》と対立したが、この歌はむろんそれ以前の作である。家集『田多民治集《ただみちしゅう》』によれば、保延《ほうえん》元年四月の内裏歌合《だいりうたあわせ》において詠《よ》まれたものである。

この歌が、11番の小野篁《おののたかむら》の、

わたの原八十島《やそしま》かけて漕ぎ出でぬと人には告げよ海人《あま》の釣舟
（『古今集』羇旅《きりょ》・四〇七）

の古歌を念頭に置いていることは、ほぼ確かであろう。篁の作は隠岐《おき》国に流されてゆく際に見送りの人に託したものであったが、この作にはもとよりそのような悲愴な感情は籠《こ》められていない。ただ大海原の眺望をほしいままにした雄大な叙景歌として詠まれている。

77

崇徳院【すとくいん】

瀬《せ》をはやみ岩にせかるる滝川《たきがは》の
われても末《すゑ》に逢《あ》はむとぞ思ふ

◇詞花和歌集　巻七・恋上・二二九　詞書「題しらず」

◉瀬が早いので岩に堰《せ》きとめられた滝川《たきがわ》が、割れても末には流れ合うように、恋しいあの人とたとえいったんは別れてもいつかはきっと逢おうと思う。

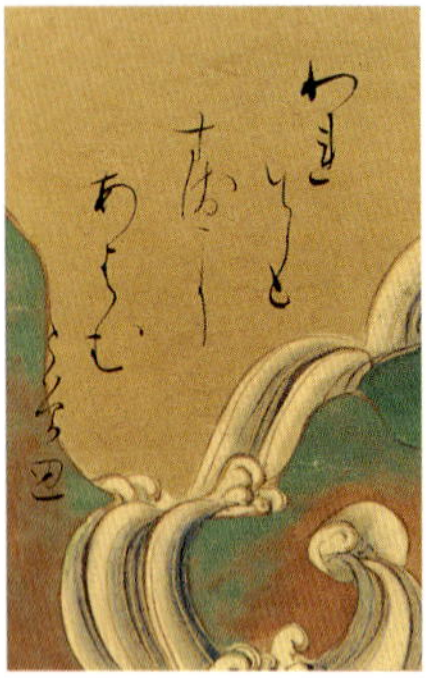

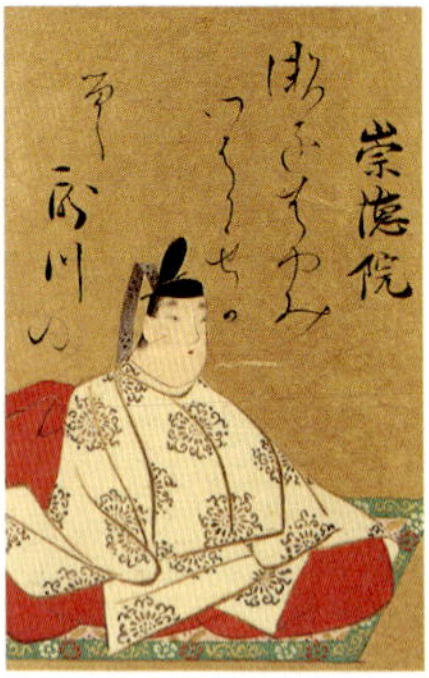

崇徳院　【1119-1164】第七五代の天皇。鳥羽《とば》天皇の第一皇子。父法皇の没後、弟である後白河天皇との皇位継承の争いである保元の乱に敗れ、讃岐に配せられ、同地に没した。『詞花集』を藤原顕輔《あきすけ》に撰進させた。

■**瀬をはやみ**　瀬が早いのでの意。ここから第三句の「滝川の」までは「われても」を起こす序詞《じょことば》。■**岩にせかるる**　「るる」は受身の助動詞。せきとめられるの意。■**滝川**　滝状になって流れる川。■**われても**　水の流れが岩に当たって分かれるのと、恋人が別れるの意を掛けている。

ほとばしる情熱と力強い決意

滝《たき》つ瀬《せ》をなして流れる山川の風景を恋の心象風景へと転じた。ほとばしる山川の流れの激しさ、末句の「逢《あ》はむとぞ思ふ」という語調の力強さが相俟《あいま》って、障害に決してくじけることのない強固な決意を感じさせる恋歌である。

『百人一首改観抄《かいかんしょう》』（契沖《けいちゅう》）は、

瀬を早み絶えず流るる水よりも絶えせぬものは恋にぞありける
（『後撰集』恋六・一〇五九　読人しらず）

高山の出で来る水の石《いは》に触れ破《わ》れてぞ念《おも》ふ妹《いも》にあはぬ夜は
（『万葉集』巻十一・二七一六　寄物陳思）

との二首を「取りてよませたまへり」という。確かに崇徳院《すとくいん》のこの歌のもつ力強さは、古代和歌のあるものに通うかもしれない。また、保元の乱の中心人物の歌としてふさわしいともいえるであろう。◇

百人一首と落語

百人一首は江戸時代になるとカルタ遊びと結びついて、いっそう多くの人々に親しまれるようになった。庶民の娯楽である落語の中にも百人一首を題材にした話が見られる。

落語「千早ぶる」は17の歌を取り上げている。カルタ遊びに熱中する娘に「ちはやぶる神代も聞かず竜田川からくれなゐに水くくるとは」の歌の意味を尋ねられた親父が、ご隠居に教えを乞《こ》いにやってくる。物知り顔のご隠居が言うことには……。五年間女断ちをして大関にまで昇進した相撲《すもう》取り「竜田川《たつたがわ》」は、吉原の夜桜見物に行って花魁《おいらん》の「千早」太夫を見初《みそ》めて、熱心に通いつめたものの結局「振られて」しまう。妹女郎の「神代」も言うことを「聞かない」。落胆した竜田川は故郷に帰って家業の豆腐屋を継いだが、ある日店の前に女が物乞《ものご》いにやってきてせめて「おから」をくれという。よく見るとそれは零落《れいらく》した千早だった。腹を立てた竜田川はおからを「くれない」ばかりか千早を突き飛ばしたので、彼女は井戸に身を投げて「水」を「くぐる」ことになった。これがこの歌の意味なのだ……。感心した親父はさらに尋ねた。「おしまいの『とは』のわけは？」「それは千早の本名だ」というご隠居の苦し紛れの答えが全体のオチとなる。名力士竜田川はいかにも実在しそうである。ちなみに「水くくるとは」は、現在では「水を括り染めにするとは」という解釈が主流であるが、古くは「水を潜るとは」という解釈もあった。この落語は後者によっている。

また、落語「崇徳院《すとくいん》」は77の歌を題材としている。熊五郎は恋煩《わずら》いで死にそうな若旦那のために、一目惚《ぼ》れの相手を探すことになる。その人は上野の清水堂で出会ったきれいなお嬢さん。唯一《ゆいいつ》の手がかりは、彼女が別れ際に書き残した「瀬をはやみ岩にせかるる滝川の」という崇徳院の歌の上句である。この言葉は「われても末に逢はむとぞ思ふ」という下句を連想させるところから、今は別れても将来はきっと一緒になりましょうというメッセージとなっている。熊五郎はお嬢さんの消息を求めて、風呂屋十八軒、床屋三十六軒を訪ね歩いて、最後の床屋でお嬢さん方の使者に出会う。彼女も若旦那を恋い慕って伏せっていたのだ。どちらも相手を自分の店に連れて行こうとして小競《こぜ》り合ううちに、花瓶が倒れて床屋の鏡を割ってしまう。色をなす親方に二人は言った。「割れても末に買わんとぞ思う」

歌によって恋を成就させた若旦那とお嬢さんは、「千早ぶる」で珍解答を披露したご隠居たちに比べると、なかなかの教養人である。百人一首は、それぞれの理解に応じて万人が共通して楽しめる話題であった。

（鈴木宏子）

源兼昌　［生没年未詳］平安後期の歌人。美濃介《みののすけ》俊輔の子。従五位下皇后宮少進に至った。大治三（一一二八）年まで生存が確認される。

源兼昌【みなもとのかねまさ】

78

淡路島《あはぢしま》通ふ千鳥《ちどり》の鳴く声に　いく夜《よ》寝《ね》覚《ざ》めぬ須磨《すま》の関守《せきもり》

◇金葉和歌集　巻四・冬・二七〇　詞書「関路ノ千鳥といへることをよめる」

◉淡路島へ飛び通う千鳥《ちどり》の鳴く声に、いったい幾夜目覚めたことだろうか。いにしえの須磨《すま》の関守《せきもり》は。

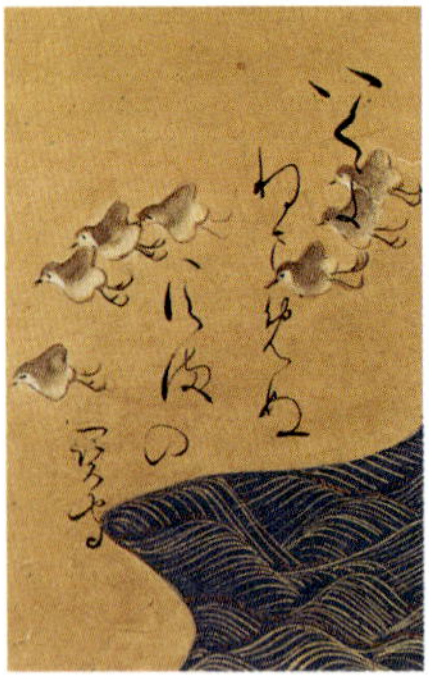

淡路島　淡路国の歌枕《うたまくら》。兵庫県須磨《すま》の西南にある島。**須磨の関守**　「須磨の関」は摂津《せっつ》国と播磨《はりま》国の境須磨（現在は神戸市須磨区）にあった古関。「関守」は関の番人。

須磨に旅寝して

須磨の関がいつ置かれ、いつ廃されたかは明らかではない。ともかく作者兼昌《かねまさ》の時代においては、それは既に古関であった。それゆえに須磨の浦に旅寝した作者は、古《いにしえ》の関守の心を思いやって、「いく夜寝覚めぬ」といっているのである。

須磨の関は、『源氏物語』須磨の巻の舞台となった。そしてこの物語の中で光源氏《ひかるげんじ》は眠れないまま暁方を迎え、千鳥の鳴き声を聞いている。「例のまどろまれぬ暁の空に、千鳥いとあはれに鳴く。友千鳥もろ声に鳴くあかつきはひとり寝ざめの床もたのもし　また起きたる人もなければ、かへすがへす独りごちて臥《ふ》したまへり」

兼昌の歌にこの部分の面影があるとすれば、それは和歌における『源氏物語』のごく初期の影響例ということになる。

須磨の海

須磨の浦は、『源氏物語』の「須磨」「明石」の巻、謡曲『松風』などの舞台にもなった。後方に小さく見えるのが淡路島。

79

左京大夫顕輔　[1090-1155]　藤原顕輔。平安後期の歌人。顕季《あきすえ》の子。清輔の父。白河院、忠通などに仕え、左京大夫正三位に至った。崇徳院の院宣により『詞花集』を撰進。

左京大夫顕輔【さきょうのだいぶあきすけ】

秋風にたなびく雲のたえ間より
漏《も》れ出《い》づる月の影のさやけさ

◇新古今和歌集　巻四・秋上・四一三　詞書「崇徳院《すとくいん》に百首歌たてまつりけるに」

◉秋風に吹かれてたなびいている雲のとぎれた間から洩《も》れてさし出ている月の光の、何とさやかなことか。

■**秋風にたなびく雲**　秋風に吹かれてたなびく雲の意。

■**月の影**　月の光のこと。

雲の絶間の月

「たなびく雲」は昔から歌われている。『万葉集』には、月夜に雲がたなびいて月を隠さないでほしいと訴えかけた歌が多い。

妹《いも》があたりわが袖《そで》振らむ木《こ》の間より出で来《く》る月に雲な棚引《たなび》き　（巻七・一〇八五）

雨晴れて清く照りたるこの月夜《つくよ》またさらにして雲な棚引き　（巻八・一五六九　家持《やかもち》）

などである。しかし、王朝の人々は雲の絶え間からさし出す月光を賞するのである。これは鴨長明《かものちょうめい》が『無名抄《むみょうしょう》』で説いている、霧の絶え間から紅葉《こうよう》した山を見て、その美しい全景を推《お》し量《はか》る物の見方と同じく、余情美を追求する心、幽玄美《ゆうげんび》を探る態度に通ずるものがある。

雲隠《くもがく》れていた月が突如さすという景は、『源氏物語』橋姫《はしひめ》の巻にも描かれていた。「琵琶《びわ》を前に置きて、撥《ばち》を手まさぐりにしつつゐたるに、雲隠れたりつる月のにはかにいと明《あ》かくさし出でたれば、『扇《おうぎ》ならで、これしても月はまねきつべかりけり』とて、さしのぞきたる顔、いみじくらうたげににほひやかなるべし」

また、歌舞伎《かぶき》の「鳴神《なるかみ》」で鳴神上人《しょうにん》を誘惑する美女の役名は雲絶間姫《くものたえまひめ》であった。月に村雲《むらくも》を配するのは、自然に従順であった古人が見出した美であろう。

80

待賢門院堀河【生没年未詳】平安後期の歌人。神祇伯《じんぎはく》源顕仲《あきなか》の娘。初め白河院の皇女令子内親王に出仕して前斎院《さきのさいいん》六条、のち、待《たい》賢門院《けんもんいん》璋子《しょうし》に出仕して堀河と呼ばれた。待賢門院の落飾《らくしょく》の際に出家した。中古六歌仙の一人。

待賢門院堀河【たいけんもんいんのほりかわ】

ながからむ心も知らず黒髪《くろかみ》の
乱れてけさはものをこそ思へ

◇千載和歌集　巻十三・恋三・八〇二　詞書「百首の歌たてまつりける時、恋の心をよめる」

◉あなたの愛情が長続きするかどうか、わたしにはわかりません。長い黒髪も乱れ、そして心も乱れて、初めてあなたにお逢《あ》いしたのちの今朝、わたしは物思いに沈んでいます。

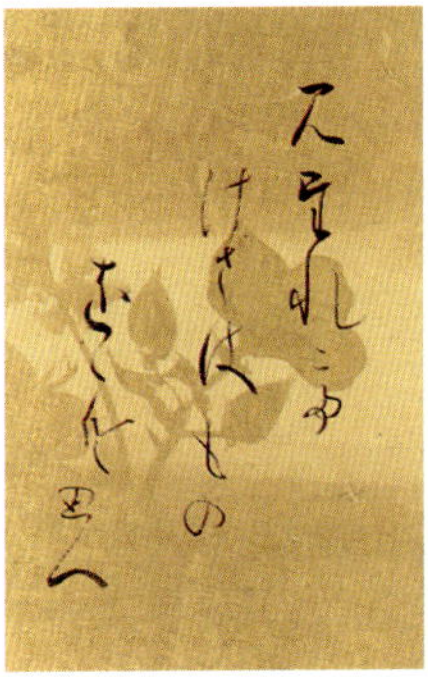

■**ながからむ心**　長続きするであろう恋人の愛情をいい、「黒髪《くろかみ》」の縁語である。■**黒髪の乱れて**　「黒髪の」は「乱れて」の序のような働きをしている。「乱れて」は黒髪の形容とともに、自分の心の状態の形容でもある。■**けさ**　恋人と共に過ごした翌朝の意。

後朝《きぬぎぬ》の乱れ髪

相手の愛情が永続きするかいなかを危ぶむという点では、**54**番の儀同三司母《ぎどうさんしのはは》の歌と共通するものがある。しかしながら、だから今宵《こよい》を限りに死んでしまいたいと歌う儀同三司母の詠《えい》に対して、後朝《きぬぎぬ》に思い悩むという待賢門院《たいけんもんいん》堀河の詠は、情念の烈《はげ》しさにおいて前者に劣り、心理の深さにおいて前者に勝っている。

心の乱れを表す乱れ髪、そのうねる黒髪が眼前に浮かぶような歌である。髪は王朝の女の命であった。そして、同時にとても乱れやすいものであった。和泉式部《いずみしきぶ》も、

黒髪のみだれも知らずうちふせばまづかきやりし人ぞ恋しき
（『後拾遺集』恋三・七五五）

と歌っている。乱れた美しい黒髪が喚起《かんき》する官能的なイメージがこの一首の生命であるといえよう。

81

ほととぎす鳴きつる方《かた》をながむれば　ただ有明《ありあけ》の月ぞ残れる

後徳大寺左大臣【ごとくだいじのさだいじん】

後徳大寺左大臣　[1139-1191]
藤原実定《さねさだ》。平安末期の公卿《くぎょう》。右大臣公能《きんよし》の子。俊成の甥に当たる。左大臣正二位に至る。『平家物語』や『古今著聞集』などにその逸話が伝えられている。

◇千載和歌集　巻三・夏・一六一　詞書「暁《あかつき》聞二ク郭公《ほととぎす》一ヲといへる心をよみ侍《はべ》りける」

◉ほととぎすが一声鳴いた方角をじっと見つめると、もはやその姿は見えず、ただ有明《ありあけ》の月が西の空に沈みもせずに残っているよ。

■**鳴きつる方**　「つる」は完了の助動詞「つ」の連体形。「かた」は方角の意。
■**ただ**　「ほととぎすの姿は見えず」という気持ちを籠めている。そして「有明《ありあけ》の月」を視界内に映るものとして限定し、強調している。

月夜のほととぎす

ほととぎすは、春の花、秋の月、冬の雪とともに夏を代表する景物である。『万葉集』の昔から古人がさながら恋人のように愛してやまない鳥であるが、百人一首でこの鳥を詠み入れた歌はこの一首のみである。意外な気もするが、これは百人一首の中で夏の歌そのものの占める割合が低いことと関係するのであろう。鋭い一声だけを残して飛び去ったほととぎすへの満たされぬ思いを、「ただ有明の月ぞ残れる」という下句で暗示したこの歌は、やはり秀歌と見てよい。ほととぎすと月とを取り合わせた歌は、古く『万葉集』に見出すことができる。例《たと》えば、

月夜よみ鳴く霍公鳥《ほととぎす》見まくほりわれ草取れり見む人もがも
（『万葉集』巻十・一九四三）

などである。しかし、どちらかというと、『万葉集』においては、ほととぎすの姿を昼の光の中で捉《とら》えた上で、その声を賞美する方が多いのではないだろうか。それに対し、王朝和歌ではむしろ主に夜鳴く鳥として、ほととぎすを考える傾向が強まってきているようだ。それとともに、姿を見るよりはもっぱらその声を聞くものという賞し方が一般的になっている。実定《さねさだ》のこの歌も、王朝和歌的な型でほととぎすを詠んだものと言えるだろう。

82

道因法師【どういんほうし】

思ひわびさても命はあるものを
憂《う》きに堪《た》へぬは涙なりけり

道因法師 ［1090-?］ 平安後期の僧・歌人。俗名藤原敦頼《あつより》。右馬《うまの》助《すけ》従五位に至った。承安二（一一七二）年の歌会、白河尚歯会に八十三歳の最年長で連なっている。『無名抄《むみょうしょう》』などにいかにも数寄人らしいその逸話が見られる。

◇千載和歌集　巻十三・恋三・八一八　詞書「題しらず」

◉恋の思いに堪えかねても、それでも命は長らえているのに、つらさに堪えられずもろくこぼれるものは涙だったよ。

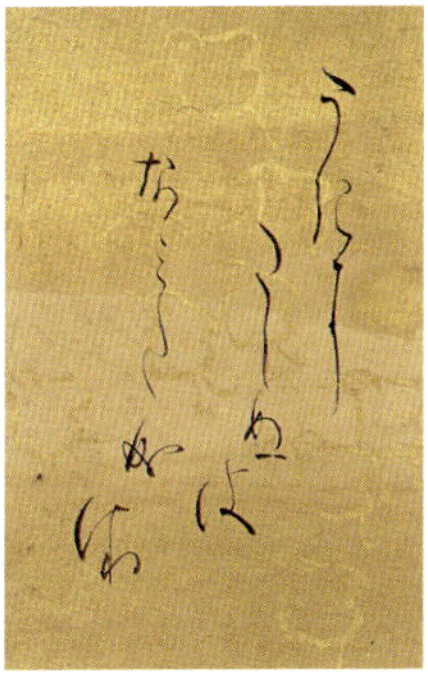

思ひわび　思うことに疲れて、気力を失った状態をいう。**さても**　それでもの意。ここでは、「思ひわび」を「さ」と受ける。**憂《う》きに堪へぬ**　「うき」は形容詞「憂《う》し」の連体形。「ぬ」は打消の助動詞「ず」の連体形。

つれない命、もろい涙

露のようにもろくはかないとされている命と、それよりさらにもろくこぼれる恋の涙とを対比させて歌ったものである。つまり、思いわびた結果、命も絶えてしまいそうなものだが、つれない命は長らえている。それなのに、憂《う》さに堪えないものは涙だよと、つれないわが命、もろいわが涙を第三者のような目で見、嘆いているのだ。

思いわびてこぼす涙は、これ以前にも、

わびはつる時さへもののかなしきはいづこをしのぶ涙なるらむ
（『古今集』恋五・八一三　読人しらず）

思ひわび落つる涙はくれなゐに染川とこそいふべかりけれ
（『散木奇《さんぼくき》歌集《かしゅう》』雑上・恨躬恥運雑歌百首）

などと歌われている。

皇太后宮大夫俊成【1114-1204】藤原俊成。平安末・鎌倉初期の歌人。定家の父。皇太后宮大夫正三位に至る。幽玄体の歌を確立し、王朝歌風の古今調から新古今調への橋渡しをした。後白河《ごしらかわ》法皇の命により『千載《せんざい》集』を撰進。

83

皇太后宮大夫俊成【こうたいごうぐうのだいぶとしなり】

世の中よ道こそなけれ思ひ入《い》る
山の奥《おく》にも鹿《しか》ぞ鳴くなる

◇千載和歌集　巻十七・雑中・一一五一　詞書「述懐の百首歌よみ侍りける時、鹿の歌とてよめる」

◉この憂い世の中よ、しょせんわたしの遁《のが》れるべき道はなかったのだなあ。世を背《そむ》こうと思い込んで分け入ったこの山の奥にも、鹿が悲しげに鳴いているようだ。

■**道こそなけれ**　「道なし」の強調表現。■**思ひ入る**　あこがれて入る。■**鳴くなる**　「なる」は音声が聞こえると推定する助動詞「なり」の連体形。

退路を断たれた世捨《よす》て人

『千載集《せんざいしゅう》』の詞書《ことばがき》にある「述懐《じゅっかい》の百首歌」とは、家集『長秋詠藻』上に「堀川院御時の百首題を述懐に寄せてよみける歌、保延六、七年のころのことにや」と前書して収めている百首歌のことである。保延六（一一四〇）年というと、俊成は二十七歳で、まだ顕広と名乗っていた官人時代であった。

この世を憂《う》くつらいものと見なして深山に遁《のが》れたはずの人が、その山の奥で悲しげに鳴く鹿の声を聞いて、もはや遁《のが》れるべき道がなくなってしまったことを嘆いている歌である。退路を断たれたような閉塞感が強く感じられる。5番の猿丸大夫《さるまるだゆう》の歌、

奥山に紅葉踏み分け鳴く鹿の声聞く時ぞ秋は悲しき

に通じるものがあり、また、

山の法師のもとへつかはしける
世をすてて山に入る人山にてもなほうき時はいづちゆくらむ
（『古今集』雑下・九五六　凡河内躬恒《おおしこうちのみつね》）

の歌を受けるような形になっている。

84

藤原清輔朝臣 〔1104-1177〕 平安後期の歌人・歌学者。顕輔《あきすけ》の子。太皇太后宮大進正四位下に至る。『続詞花集』を二条天皇に撰進したが、天皇の崩御《ほうぎょ》により勅撰集とならなかった。歌学書に『袋草紙』ほか。中古六歌仙の一人。

藤原清輔朝臣 【ふじわらのきよすけのあそん】

長らへばまたこのごろやしのばれむ
憂《う》しと見し世ぞ今は恋《こひ》しき

◇新古今和歌集　巻十八・雑下・一八四三　詞書「題しらず」

◉生き長らえていたならば、今はつらいと感じている現在もまた、あとではなつかしく思い出されるのであろうか。その当時はいやだいやだと思いながら過ごしていた昔が、今となっては恋しいのだから。

長らへば 今後生き長らえたならばという仮定の表現。**このごろ** 現在の意。**憂《う》しと見し世** 「見し」の「し」は直接体験過去の助動詞「き」の連体形。つらくていやだと思いながらも生きていた昔の意。

時間の浄化作用

過ぎ去ってしまうと、苦しかったことも悲しかったことも、何もかもただなつかしいものに感じさせてしまう。時間という不思議なものの作用に、改めて感銘を深くしている歌である。そして、そのような過去の経験に照らし合わせて、おもしろくもない現実の生活もいつかはなつかしく回想されるのであろうかと、わずかに慰めているのである。

もう相当人生の辛酸《しんさん》を嘗《な》めてきた人の述懐のように感じられるが、家集『清輔朝臣集《きよすけあそんしゅう》』の詞書《ことばがき》に「いにしへ思ひ出でられける頃《ころ》、三条内大臣（藤原公教）いまだ中将にておはしける時、つかはしける」というのによれば、実は清輔《きよすけ》が二十七歳から三十三歳までの間に詠まれた作である。清輔は而立《じりつ》（三十歳の異称）の齢《とし》にして、このように早くも「憂《う》しと見し世」を恋しく思う、ふけた心を抱いていたのだった。その老成した心は清新な詩を生むにはふさわしくないかもしれないが、同じような思いの人々には安らぎと慰藉《いしゃ》とを与える。

85

俊恵法師 ［1113-?］平安末期の歌人。源俊頼《としより》（74番の作者）の子で若くして出家した。東大寺の僧であった。京の白河の自坊を歌《か》林苑《りんえん》と呼び、藤原清輔《きよすけ》や寂蓮《じゃくれん》など多くの歌人を集めて、歌会や歌合を催した。中古六歌仙の一人。

俊恵法師【しゅんえほうし】

夜《よ》もすがらもの思ふころは明けやらぬ
ねやのひまさへつれなかりけり

◇千載和歌集　巻十二・恋二・七六六　詞書「恋歌とてよめる」

◉夜通し恋の物思いに悩むこのころは、恋人だけでなく、いつまでも夜の明けきらない閨《ねや》の隙間《すきま》までもが、つれなく感じられるよ。

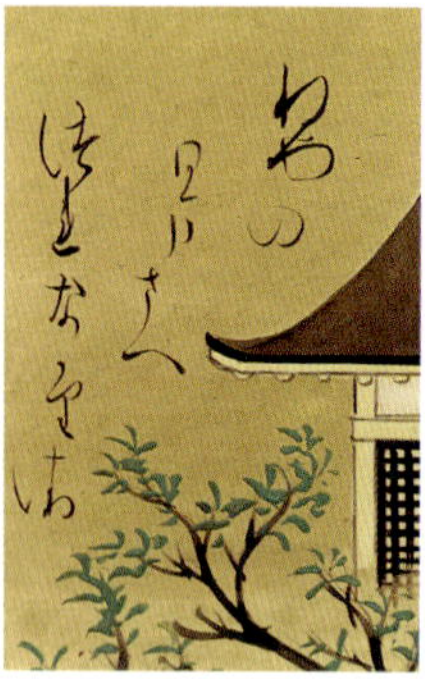

■**夜もすがら**　夜通しの意。■**明けやらぬ**　「やる」は「完全に〜し終える」の意の補助動詞。「ぬ」は打消の助動詞「ず」の連体形。■**ねやのひまさへ**　「ねや」は寝室、「ひま」は隙間《すきま》のこと。「さへ」はつれない恋人はもとより、閨《ねや》のひままでもの意。

ひとり寝の夜の長さ

つれない恋人を恋い焦《こ》がれているひとり寝の女の歌と見られる。一晩中寝もやらず思い悩んでいるときは、いっそのこと早く夜が明けてほしいのである。それなのに、寝室の隙間《すきま》にはいつまでたっても、朝の光がさしこんでこない。そのとき、こちらの求愛に対してそしらぬふりをしている恋人がつれないのはもとより、閨《ねや》の隙間さえもつれなく思われるのである。

増基《ぞうき》法師の歌に、

冬の夜にいくたびばかり寝覚めして物思ふ宿のひま白むらむ
（『後拾遺集』冬・三九二）

というものがある。俊恵はおそらくこの古歌を念頭に置いて詠んだと思われる。が、増基法師の歌で必ずしも明確ではなかった「物思ふ」ことの原因を、ままならぬ恋による懊悩《おうのう》と明確にし、捉《とら》え直すことによって、俊恵はひとり寝の女の姿を描き出そうとしたのであろう。

86

西行法師 ［1118–1190］平安後期の歌人・僧。俗名佐藤義清《のりきよ》。徳大寺家の随身《ずいじん》、鳥羽院の北面《ほくめん》の武士として仕えたが、二三歳で出家。奥州や中国・四国など各地を旅し、旅の体験を通して自然と心境とを詠み、独自の詠風を築いた。

西行法師【さいぎょうほうし】

嘆けとて月やはものを思はする かこちがほなるわが涙かな

◇千載和歌集　巻十五・恋五・九二九　詞書「月前／恋といへる心をよめる」

◉嘆けと言って、月がわたしに物思いをさせるのだろうか。そうではないのに、ともすれば愚痴《ぐち》っぽくこぼれるわたしの涙よ。

月やは　「やは」は反語の意。「する」は使役の助動詞「す」の連体形。

かこちがほ　愚痴《ぐち》っぽい様子、恨めしげな様子。「〜がほ（顔）」は平安末期から中世初頭にかけて、広く歌人たちの間に流行した表現だが、特に西行が愛用したものである。

恋する男の涙

西行は桜とともに月も数多く詠んだ歌人であるが、この歌はそれらの中でやや観念性の強い作である。西行自身『山家心中集』『御裳濯河歌合《みもすそがわうたあわせ》』に自選しているので、この歌に愛着を抱いていたらしい。「嘆けとて月やはものを思はする」という反語表現、「かこちがほなる」という所にうかがわれる、大仰《おおぎょう》なまでに恋の悲しみに惑溺《わくでき》する姿、これらは『伊勢物語《いせものがたり》』四段における男の姿や歌いぶりに通うものがある。「去年《こぞ》を恋ひ行きて、立ちて見、ゐて見、見れど、去年に似るべくもあらず。うち泣きて、あばらなる板敷に月のかたぶくまでふせりて、去年を思ひいでてよめる。

月やあらぬ春や昔の春ならぬわが身ひとつはもとの身にして

とよみて、夜のほのぼのと明くるに泣く泣く帰りにけり。」

定家《ていか》はこの『伊勢物語』の世界に通うものを西行のこの歌から感じ取っていたのかもしれない。しかし西行の歌にはさほど感じられないような自意識、反省的な思考方式のようなものがある。そのあたりも観念主義的な傾向の強い定家の共感を呼び、この一首を選ばせたのかもしれない。

87

寂蓮法師　［1139？-1202］平安末期・鎌倉初期の歌人・僧。俗名藤原定長。醍醐《だいご》寺の僧阿闍梨《あじゃり》俊海《しゅんかい》（藤原俊成《としなり》の兄弟）の子。俊成の養子となり、のちに出家。『新古今集』撰者の一人となったが、撰進以前に病死した。

寂蓮法師【じゃくれんほうし】

村雨《むらさめ》の露《つゆ》もまだ干《ひ》ぬまきの葉に
霧《きり》立ちのぼる秋の夕暮《ゆふぐれ》

◇新古今和歌集　巻五・秋下・四九一　詞書「五十首歌たてまつりし時」

◉さっき降り過ぎた村雨《むらさめ》の露もまだ乾ききっていない真木《まき》の葉のあたりに、うっすらと霧が立ち昇っている。秋の夕暮れ時。

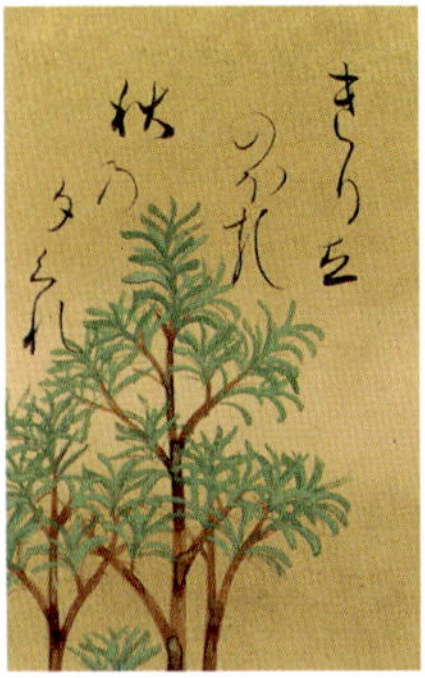

■**村雨**　むらに降る雨、にわか雨のこと。■**干ぬ**　「ひ」は上一段動詞「干《ひ》る」の未然形。「ぬ」は打消の助動詞「ず」の連体形。乾かないという意。■**まき**　「真木《まき》」で、檜《ひのき》・杉・松・高野槇《こうやまき》など常緑の針葉樹の総称。

自然を映像的に捉《とら》える

建仁《けんにん》元（一二〇一）年春、後鳥羽院《ごとばいん》に詠進《えいしん》され、番《つが》えられた『老若《ろうにゃく》五十首歌合《うたあわせ》』の折の歌である。越前《えちぜん》の歌と合わされて勝っている。「村雨《むらさめ》の露もまだ干《ひ》ぬまきの葉」と、最初は微視的に視点を働かせ、「霧立ちのぼる秋の夕暮」と次第に視角を広げてゆく手法はやはり非凡である。一種のカメラワークのような景のとらえ方で、自然の微妙な動きを映像的に表現し得ている。

季節を秋とするならば紅葉する木々を歌うのが自然であるのに、雨の露を宿した真木《まき》を捉えている点もおもしろい。寂蓮はこれ以前、建久二（一一九一）年の「十題百首」でも「さびしさはその色としもなかりけり真木立つ山の秋の夕暮」と、秋の「真木」を詠んでいる。これらの歌の背景には『万葉集』ですでに捉えている「真木立つ山」の自然への関心を認めることもできよう。中世における美の発見は、しばしば古代の文学や芸術を媒介《ばいかい》してなされているのである。

88

皇嘉門院別当 ［生没年未詳］平安末期の歌人。養和元（一一八一）年には生存していた。大宮権亮《おおみやごんのすけ》源俊隆《としたか》の娘。藤原忠通《ただみち》の娘で、崇《す》徳院《とくいん》の妃となった皇嘉門院《こうかもんいん》（藤原聖子）に女房として仕えた。

皇嘉門院別当【こうかもんいんのべっとう】

難波江《なにはえ》の蘆《あし》のかりねのひとよゆゑ
身を尽くしてや恋ひわたるべき

◇千載和歌集　巻十三・恋三・八〇七　詞書「摂政右大臣の時、家の歌合に、旅宿ニ逢フ恋といへる心をよめる」

◉難波江《なにわえ》の刈《か》り蘆《あし》の根の一節《ひとふし》―それにも似た旅先の宿ではかない一夜かりそめに共寝《ともね》をしたばかりに、あの澪標《みおつくし》のように命をつくして恋い続けなければならないのでしょうか。

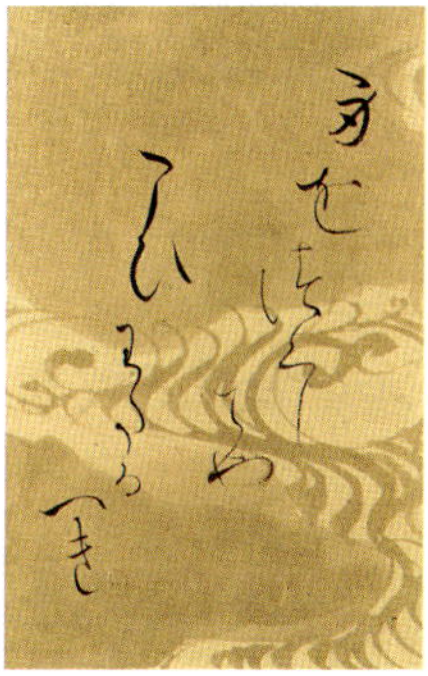

■**難波江**　摂津国《せっつのくに》の歌枕《うたまくら》。■**蘆の**　ここまで序詞《じょことば》。「かりねのひとよ（刈り根の一節《ひとよ》）」を導く。「蘆」は難波の代表的景物。■**かりねのひとよ**　「かりね」は「蘆」の縁語《えんご》「刈り根」に「仮寝《かりね》」を掛ける。「ひとよ（一夜）」には同じく「蘆」の縁語「節《よ》」を掛ける。■**身を尽くし**　「身を尽くし」と「難波江」の縁語《えんご》「澪標《みおつくし》」を掛ける。■**恋ひわたるべき**　「わたる」は継続の意。

一夜限りの恋

『千載集《せんざい》』の詞書《ことばがき》に見える「摂政右大臣」は九条兼実《くじょうかねざね》のことである。この歌合《うたあわせ》は伝わらない。作者は九条家の歌合の常連だった。「旅宿ニ逢フ恋」という歌題において、ことさら難波江を選んだのは、住吉《すみよし》や天王寺《てんのうじ》詣《もう》での旅を考えたのであろうか。そのような物詣《ものもう》での旅先で思わぬ契《ちぎ》りを交わすという状況を仮構《かこう》したのだとすると、「お伊勢参りに石部の宿で」という、お半《はん》長右衛門みたいなことになる。現実の物詣でにも、そのようなことがあったと考えられないこともないが、やはりここは作者が自身遊女になったつもりで、旅客との一夜限りのはかない契りを嘆いてみせた歌と考える方が妥当であろう。

なお、作者はこの歌を詠むにあたって、「難波潟短き蘆《あし》のふしの間も逢《あ》はでこの世を過ぐしてよとや（伊勢《いせ》・19番）「わびぬれば今はたおなじ難波《なにわ》なるみをつくしても逢《あ》はむとぞ思ふ」（元良《もとよし》親王・20番）の二首を参考にしたと思われる。しかし、伊勢のうねるような柔媚《じゅうび》な問い掛け、ふてぶてしく居直ったような元良親王の烈《はげ》しい情熱、それらはこの歌にはない。王朝末、恋の歌が衰弱してきていることはやはりいなめないだろう。◈

式子内親王　［1149-1201］平安末期・鎌倉初期の歌人。後白河《ごしらかわ》天皇の皇女。名は「しきし」の読みもある。賀茂の斎院《さいいん》になるが、後に病で退き、晩年は出家した。藤原俊成《としなり》を和歌の師とした。

89

式子内親王【しょくしないしんのう】

玉《たま》の緒《を》よ絶えなば絶えねながらへば
忍《しの》ぶることの弱《よわ》りもぞする

◇新古今和歌集　巻十一・恋一・一〇三四　詞書「百首歌の中に、忍《ブル》恋を」

◉わたしの命よ、絶えるならばいっそ絶えてしまってほしい。このまま生き長らえていると、こらえ忍んでいることが弱って、秘めた恋心が顕《あらわ》れてしまうかもしれないから。

■**玉の緒**　命の意。■**絶えなば絶えね**　「な」は完了の助動詞「ぬ」の未然形。「ば」は仮定の接続助詞。「ね」も完了の助動詞「ぬ」の命令形。絶えるならばいっそ絶えてしまえの意。■**弱りもぞする**　「も」「ぞ」はともに係助詞で、「もぞ」は心配、危ぶむ意を表す。弱ってしまったら大変だと危ぶむ意。

激しい情念のうねり

忍ぶ恋において、忍ぶことが極限に達して、忍びきれなくなりそうだから、いっそ、わが命よ、絶えてしまえという、自分自身への訴えかけはほとんど自虐《じぎゃく》的といってもよいもので、悲痛である。白熱した情念がほとばしり出ているという感じである。しかし、この歌を作者式子内親王《しょくしないしんのう》の実人生に直結させて、彼女自身の体験をそのまま反映していると考えることは早計である。この激しい忍ぶ恋の情念は、百首歌という観念的な詠み方によってはじめて可能な表現であったかもしれないのである。

この歌は次のような古歌の影響を受けているように思われる。

生《いき》の緒《を》に思へば苦し玉の緒の絶えて乱れな知らば知るとも
（『万葉集』巻十一・二七八八）

玉の緒の絶えて短き命もて年月ながき恋もするかな
（『後撰集』恋二・六四六　紀貫之《きのつらゆき》）

絶えはてば絶えはてぬべし玉の緒に消えならむとは思ひかけきや
（『和泉式部集《いずみしきぶしゅう》』）

などである。「玉の緒」の歌をこうして挙げてみると、日本詩歌の流れの中での、一つの発想の起源の古さ、その持続力といったものに改めて驚かされる。

上賀茂神社

賀茂の斎院は、賀茂神社に奉仕した未婚の内親王または女王で、式子内親王は、平治元(1159)年に斎院となり、約10年間仕えた。

90

殷富門院大輔　[生没年未詳]　平安末期・鎌倉初期の歌人。従五位下藤原信成《のぶなり》の娘。後白河天皇の皇女亮子《りょうし》内親王（殷富門院）に女房として仕えた。歌林苑《かりんえん》の一員として活躍した。多作をもって知られ、「千首大輔《せんしゅたいふ》」とあだ名された。

殷富門院大輔【いんぷもんいんのたいふ】

見せばやな雄島《をじま》の海人《あま》の袖《そで》だにも
濡《ぬ》れにぞ濡《ぬ》れし色は変はらず

◇千載和歌集　巻十四・恋四・八八六　詞書「歌合《うたあわせ》し侍《はべ》りける時、恋歌とてよめる」

◉あなたにお見せしたいものですわ。松島の雄島《おじま》の海人《あま》の袖《そで》でさえ、濡《ぬ》れに濡れても色は変わりません。それなのにわたしの袖は紅《くれない》の血の涙で色も赤く変わってしまいました。

■**見せばやな**　「ばや」は願望の終助詞。「な」は詠嘆《えいたん》の終助詞。お見せしたいの意。■**雄島《をじま》**　松島の雄島で、陸奥《みちのく》の歌枕《うたまくら》。宮城県松島湾の「雄島が磯《いそ》（昔は島であった）」である。■**海人《あま》の袖だにも**　いつも海水に濡《ぬ》れている漁師の袖さえもの意。言外に、それなのにわたしの袖は……の意をこめる。■**色は変はらず**　漁師の袖の色は変わらないという意。言外にわたしの袖の色は血の涙のせいで赤く変わってしまったという意をこめる。

血の涙に染まった袖

『後拾遺集《ごしゅういしゅう》』に源重之《みなもとのしげゆき》の、

松島《まつしま》や雄島《をじま》の磯《いそ》にあさりせし海人《あま》の袖《そで》こそかくは濡《ぬ》れしか
（恋四・八二七）

という作があり、殷富門院大輔の作はこの本歌取りである。さらに、比較的近い時代の作として、

玉藻《たまも》刈る野島の浦の海人だにもいとかく袖は濡るるものかは
（『千載集』恋二・七一三　源雅光）

という歌がある。おそらくその影響も受けているのであろう。『無名抄《むみょうしょう》』に大輔《たいふ》と小侍従《こじじゅう》を比較して、「大輔は今すこし物などしりて、ねづよくよむかたはまさり」という。その見本のような作であろう。しかし、それだけに執拗な感じもする。「見せばやな」というのも、嫌味《いやみ》といえば嫌味である。

夕暮れの松島湾

湾内に260余りの島々が点在する景勝地。雄島《おじま》は陸に最も近い島で、渡月橋によって結ばれている。

91

後京極摂政前太政大臣 [1169-1206] 藤原良経《よしつね》。鎌倉前期の公卿《くぎょう》。九条兼実《かねざね》の子。慈円《じえん》は叔父に当たる。摂政太政大臣従一位に至った。藤原俊成《としなり》を和歌の師とし、定家の後援者でもあった。『新古今集』仮名序を執筆した。

後京極摂政前太政大臣【ごきょうごくせっしょうさきのだいじょうだいじん】

きりぎりす鳴くや霜夜《しもよ》のさむしろに
衣《ころも》かたしきひとりかも寝む

◇新古今和歌集 巻五・秋下・五一八 詞書「百首歌たてまつりし時」

◉こおろぎが鳴く、霜の降る寒い夜、閨《ねや》のむしろに衣を片《かた》敷《し》いて、わたしはひとりさびしく寝るのであろうか。

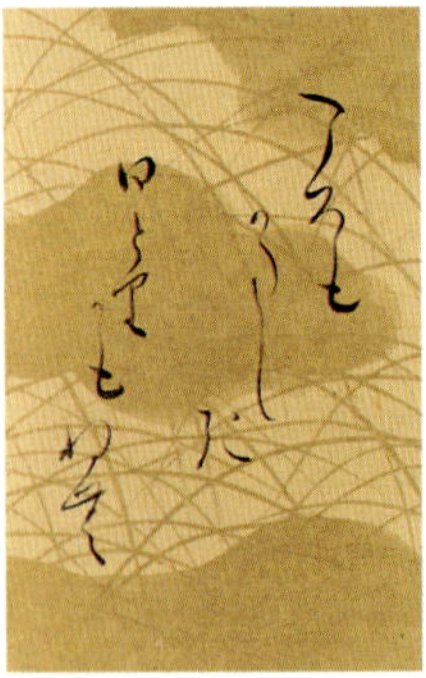

■**きりぎりす** 今のこおろぎのこと。■**鳴くや** 「や」は詠嘆の間投助詞。■**さむしろ** 「寒し」と「さ筵《むしろ》」を掛ける。「さ筵」は幅の狭い敷物。■**ひとりかも寝む** 「か」は疑問、「も」は詠嘆の係助詞。

霜夜のひとり寝

『新古今集《しんこきんしゅう》』の詞書《ことばがき》にある「百首歌」とは、正治《しょうじ》二(一二〇〇)年の『正治二年院初度百首和歌』のことである。良経《よしつね》はこの百首を詠進《えいしん》する直前、妻(一条能保《よしやす》の娘)に先立たれ、入棺の翌日遁世《とんせい》を企てたが、連れ戻されるという事件を起こしている。そうした当時の良経《よしつね》の体験や心情とこの一首は無関係ではないだろう。つまり、「衣かたしきひとりかも寝む」という晩秋の独り寝の嘆き、その悽愴《せいそう》たる響きは、そのまま作者自身の嘆き、境遇であったのである。

またこの歌は良経の古風への親しみをよく表している。良経が本歌としたのは、

わが恋ふる妹《いも》は逢はさず玉の浦に衣片敷《ころもかたし》き独りかも寝む
(『万葉集』巻九・一六九二)

さむしろに衣かたしきこよひもやわれを待つらむ宇治《うじ》の橋姫《はしひめ》
(『古今集』恋四・六八九 読人しらず)

であろう。また、第五句は、3番の「あしひきの山鳥の尾のしだり尾のながながし夜をひとりかも寝む」によっているのだろう。いずれも良経の親しんでいた古歌であると考えられる。

92

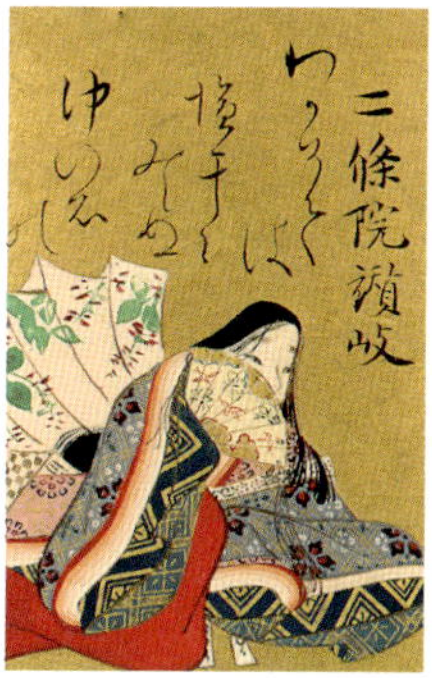

二条院讃岐　［1141?–1217?］
平安末期・鎌倉初期の歌人。右京権大夫従三位源頼政《よりまさ》の娘。二条天皇や後鳥羽《ごとば》天皇中宮宜秋門院《ぎしゅうもんいん》（藤原兼実《かねざね》の娘任子《にんし》）に女房として仕えたが、のち出家した。後鳥羽院歌壇の一員として活躍。

二条院讃岐【にじょういんのさぬき】

わが袖《そで》は潮干《しほひ》に見えぬ沖《おき》の石の
人こそ知らねかわく間《ま》もなし

◇千載和歌集　巻十二・恋二・七六〇　詞書「寄レスル石ニ恋といへる心をよめる」

◉わたしの袖《そで》は引き潮にも見えない沖の石のようなもの。あの人は知らないけれども、涙に濡《ぬ》れて乾《かわ》く間もありません。

■**潮干に見えぬ**　「潮干《しおひ》」は引き潮の状態をいう。「ぬ」は打消の助動詞「ず」の連体形。■**沖の石の**　「わが袖は……沖の石の」まで「人こそ知らね」を起こす序詞《じょことば》。沖は深いので潮干になっても底が現れない。■**人こそ知らね**　「ね」は打消の助動詞「ず」の已然形。「こそ……ね」で係り結びとなり、下に逆接で続く。

沖に沈む石のようなわたし

歌題は、「石に寄する恋」である。恋と石とは取り合わせが妙だが、平安最末期、俊恵《しゅんえ》の歌林苑《かりんえん》などで好んで詠まれたらしい。例《たと》えば、

苔のむすいはほとなりし人だにも言の葉にこそうちはとけけれ　（俊恵《しゅんえ》『林葉集』恋）

いとはるるわれはみぎはに離れ石のかかる涙にゆるぎげぞなき　（『源三位頼政集《げんざんみよりまさしゅう》』恋）

などがある。

讃岐《さぬき》の歌における石の比喩《ひゆ》は無理がなく、巧みである。先掲の俊恵の作と同様、夫の帰りを待ち望んで山上に立ちつくすうちに石となってしまったという、望夫石の故事《こじ》への連想が働いているのかもしれない。しかも「人こそ知らね」と第四句に曲折を設けて、心理のあやを表現しえていると思われる。「人」は世間一般の人とも解されるが、恋の当の相手、こちらの恋心をわかろうとしない冷たい恋人と解する方が味わいが深まるであろう。

93

鎌倉右大臣　[1192-1219]　源《みなもとの》実朝《さねとも》。鎌倉幕府第三代将軍。頼朝《よりとも》の次男。母は北条政子《ほうじょうまさこ》。右大臣正二位に至ったが、鶴岡《つるがおか》八幡宮で甥《おい》の公暁《くぎょう》（兄頼家《よりいえ》の息子）に殺された。藤原定家《ていか》を師として和歌を学んだ。

鎌倉右大臣【かまくらのうだいじん】

世の中は常《つね》にもがもな渚《なぎさ》漕《こ》ぐ
海人《あま》の小舟《をぶね》の綱手《つなで》かなしも

◇新勅撰和歌集　巻八・羇旅《きりょ》・五二五　詞書「題しらず」

◉世の中はいつまでも変わらずにあってほしいなあ。渚《なぎさ》を漕《こ》ぐ漁師の小舟《こぶね》が綱手に引かれている風景のいとおしさ。

■**常にもがもな**　「もがも」は「もがな」と同じく、願望の終助詞。「な」は詠嘆の終助詞。■**綱手**　舟を引く縄《なわ》で、綱手縄ともいう。■**かなしも**　「かなし」はいとしい、愛すべきだの意。「も」は詠嘆の終助詞。

生きることへの執着

『古今集』巻二十、東歌《あずまうた》の陸奥《みちのく》歌、

みちのくはいづくはあれど塩竈《しほがま》の浦《うら》漕《こ》ぐ舟の綱手《つなで》かなしも　（一〇八八）

の本歌取りである。しかし、それにとどまらず、第二句にはおそらく、

河の上《へ》のゆつ岩群《むら》に草生《む》さず常にもがもな常処女《とこをとめ》にて　（『万葉集』巻一・二二　吹黄刀自《ふふきのとじ》）

の影響を認めてよいであろう。

実景は鎌倉《かまくら》の由比ケ浜《ゆいがはま》か、七里ケ浜か。あるいは相模湾《さがみわん》沿いのどこか、見たことのない塩竈《しおがま》の浦でも難波《なにわ》の浦でも、どこでもよい。ともかく、実朝《さねとも》は「海」とそこを漕ぎめぐる「小舟」をじっと見つめている。そして生きたいと痛切に願っている。生への限りない欲求に突如捉《とら》えられて、浜辺に立ちつくしている。痛々しい。

参議雅経　［1170-1221］藤原雅経。鎌倉初期の歌人。頼経《よりつね》の子。参議従三位に至る。和歌を俊成に学んだ。蹴鞠《しゅうきく》にもすぐれ、雅経を祖とする飛鳥井《あすかい》家は長く鞠の家としても栄えた。『新古今集』撰者の一人。

94

参議雅経【さんぎまさつね】

み吉野《よしの》の山の秋風さよ更《ふ》けて
ふるさと寒く衣《ころも》打つなり

◇新古今和歌集　巻五・秋下・四八三　詞書「擣衣《とうい》の心を」

◉吉野山の秋風は夜が更《ふ》けるにつれて寒くなり、古都の里は冷え込んで、どこからともなく衣を打つきぬたの音が聞こえてくる。

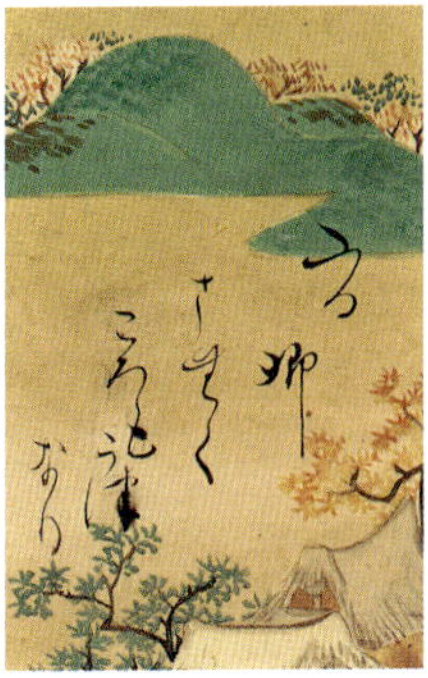

み吉野の山　吉野山のこと。「み」は美称の接頭語。大和《やまと》国の歌枕《うたまくら》。**ふるさと**　吉野離宮のあった吉野の里。**衣打つなり**　「なり」は音声を聞いて、伝聞・推定する助動詞。衣を打つ砧《きぬた》の音が聞こえてくるの意。

ふるさとに響く砧《きぬた》の音

『古今集』で、「奈良の京にまかれりける時に、宿れりける所にてよめる」という詞書《ことばがき》を有する坂上是則《さかのうえのこれのり》の詠、

み吉野の山の白雪つもるらしふるさと寒くなりまさるなり　（冬・三二五）

の本歌《ほんか》取りである。位置に至るまで、本歌との句の一致が著しいが、季節を本歌の冬から晩秋へとずらせ、冴《さ》えた砧《きぬた》の音によって、山里の晩秋の夜の冷えこみを表現した。単に寒さの感覚だけを取り上げた是則の作に対して聴覚をもきかせた点が、新古今時代の作品らしい芸の細かさを見せている。

雅経は他人の詠んだ歌の詞《ことば》を、比較的安易に自作に取り込んでいたということが『八雲御抄《やくもみしょう》』に逸話として語られている。この作もやや本歌の詞を取り込みすぎているという傾向はあるが、本歌に見られる論理的説明の部分を廃し、旧都の持つ荒涼とした美しさを風と聴覚によって歌いあげたところは見事で、本歌を凌駕《りょうが》したと言ってもよいだろう。

95

前大僧正慈円 ［1155-1225］平安末期・鎌倉初期の天台宗の僧。関白藤原忠通《ただみち》（76番の作者）の子。九条兼実《かねざね》の弟。藤原良経《よしつね》（91番の作者）の叔父。天台座主を四度つとめた。多作な歌人であった。史論『愚管抄』の著者。

前大僧正慈円【さきのだいそうじょうじえん】

おほけなく憂《う》き世の民《たみ》におほふかな
わが立つ杣《そま》にすみ染《ぞ》めの袖《そで》

◇千載和歌集　巻十七・雑中・一一三七　詞書「題しらず」

◉身の程もわきまえずに、わたしは憂《う》き世に住む民の上に覆いかけるよ。伝教大師《でんぎょうだいし》が「わが立つ杣《そま》」と歌われた比叡山《ひえいざん》に住む僧として、この墨染《すみぞめ》の袖《そで》を。

■**おほけなく**　形容詞「おほけなし」の連用形。身の程しらずにもと謙遜した表現。■**わが立つ杣《そま》**　比叡山の意。「阿耨多羅三藐三菩提《あのくたらさんみゃくさんぼだい》の仏達《ほとけたち》わが立つ杣《そま》に冥加《みょうが》あらせたまへ」（『新古今集』釈教《しゃくきょう》・一九二一　伝教大師）の歌に基づく。■**すみ染《ぞ》めの袖**　僧の着る黒衣の袖。「墨」に「住み」を掛ける。

宗教人としての気負いと自信

この歌は慈円《じえん》にとって初期の「日吉《ひえ》百首」での詠で、その段階ではまだ一度も座主《ざす》になっていない。ゆえに、謙辞の裡《うち》に秘められた作者の自負の心を汲《く》み取るべきであろう。慈円は自身詠草《えいそう》に「我立杣門人」などと署名し、最後の法灯を継ぐ者という自意識を明確にしているのである。国家体制を護持しようとする使命感に満ちた力強い慈円の一面を窺《うかが》わせてくれる。

慈円には、このような自信に満ちた高僧の顔とは別に、千日の山籠《ご》りの修行にやつれてひたすら自己の心を凝視する聖《ひじり》としての顔もある。後者においては西行《さいぎょう》と比せられることもあるが、同じ僧侶歌人といっても、慈円には身分上の制約が厳然とあるわけで、やはり本質的に両者は同列に論じ得ないであろう。百人一首において西行は私的な恋の歌が選ばれているのに対して、慈円はこのような公人としての歌が選ばれていることから、定家《ていか》の二人に対する認識のあり方が窺えるようでおもしろい。

比叡山

東の大比叡《だいひえい》ヶ岳（標高 848 m）、西の四明《しめい》ヶ岳（839 m）の二峰からなる。

延暦《えんりゃく》寺《じ》根本《こんぽん》中堂《ちゅうどう》

延暦７（788）年、最澄《さいちょう》（伝教大師）が創建した一乗《いちじょう》止《し》観院《かんいん》に始まる天台宗の総本山。

入道前太政大臣［1171-1244］藤原公経《きんつね》。鎌倉初期の公卿《くぎょう》。内大臣実宗《さねむね》の子。鎌倉幕府と近い関係にあったため承久の乱の際には後鳥羽院によって幽閉されたが、乱後は太政大臣従一位に至り、権勢を誇った。

96

入道前太政大臣【にゅうどうさきのだいじょうだいじん】

花さそふ嵐《あらし》の庭の雪ならで
ふりゆくものはわが身なりけり

◇新勅撰和歌集　巻十六・雑一・一〇五二　詞書「落花をよみ侍《はべ》りける」

◉桜花を誘って散らす山風が吹きおろす庭に落花の雪が散り敷く。その花びらの雪でなく古《ふ》りゆくものはわが身であるよ。

■**花さそふ**　桜をさそって散らすの意。■**嵐**　山風のこと。■**庭の雪**　落花を雪に見立てたもの。■**ふりゆく**　「花」「雪」の縁語《えんご》「降《ふ》り」に「古り」を掛ける。

花と老い

嵐のように絢爛《けんらん》たる花吹雪《はなふぶき》が舞う庭先に佇《たたず》んで、功成り名遂《と》げた入道大相国《しょうこく》が、わが身に迫る死の影を予感している。豪華で躍動的な上句から、一転して静かでひそやかな下句へと沈静するに至ったとき、上句の華やかさが人生の最期の輝きの美しさであるかのように思われるのである。花と老いの取り合わせは、それぞれが持つ美しさと悲しみをいっそう深め合うものではないだろうか。

花と老いを詠んだ歌としては、かの有名な小野小町《おののこまち》の9番の歌、

花の色は移りにけりないたづらにわが身世にふるながめせしまに　（『古今集』春下・一一三）

がある。また、公経《きんつね》の義兄に当たる定家も、

春を経てみゆきに馴《な》るる花の蔭《かげ》ふりゆく身をもあはれとや思ふ　（『新古今集』雑上・一四五五）

と詠んでいる。公経はおそらく義兄のこの作に学んでいるのであろう。

97

権中納言定家【ごんちゅうなごんさだいえ】

来《こ》ぬ人をまつほの浦《うら》の夕なぎに
焼くや藻塩《もしほ》の身もこがれつつ

◇新勅撰和歌集　巻十三・恋三・八四九　詞書「建保六年内裏歌合《だいりうたあわせ》　恋歌」

◉松帆《まつほ》の浦《うら》の夕暮れ時、わたしはいくら待ってもやって来ないつれない恋人を待ち続ける。夕凪《なぎ》の空にまっすぐに立ち昇る藻塩《もしお》焼く煙のように、身も恋心にじりじりと焦《こ》がれながら……。

権中納言定家　[1162-1241]　藤原定家。鎌倉初期の歌人・歌学者。「ていか」と音読することが多い。俊成《としなり》の子。権中納言正二位に至った。『百人一首』の撰者。『新古今集』撰者の一人。『新勅撰集』の撰者。歌論集に『近代秀歌』ほか。

まつほの浦　「松帆の浦」は淡路国《あわじのくに》の歌枕。淡路島の北端、明石《あかし》海峡を隔てて明石と対する所。「松」に「待つ」を掛ける。**藻塩《もしお》の身もこがれつつ**　「藻塩」は海藻に潮水を注いで乾かした上で、焼いて水に溶かし、その上澄《うわず》みを煮《に》詰めて製した塩。来ぬ人を待つ我が「身」が恋い焦がれる意と、藻塩が焼け焦げるの意を掛ける。

身を焦《こ》がす恋の煙

『新勅撰集』の詞書《ことばがき》にいう建保六年というのは実は誤りで、正しくは建保四（一二一六）年閏《うるう》六月九日に行われた『百番歌合』での作である。この歌合では定家《ていか》は十首とも順徳《じゅんとく》天皇とあわされ、当然負けがこんでいるのであるが、この作は勝とされている。

「松帆《まつほ》の浦」は、『万葉集』巻六に、

名寸隅《なきすみ》の　船瀬ゆ見ゆる　淡路島《あはぢしま》　松帆の浦に　朝凪《あさなぎ》に
玉藻《たまも》刈りつつ　夕凪《ゆふなぎ》に　藻塩《もしほ》焼きつつ　海少女《あまをとめ》　ありとは
聞けど　見に行かむ　縁《よし》の無ければ　丈夫《ますらを》の　情《こころ》は無しに
手弱女《たわやめ》の　思ひたわみて　徘徊《たもとほ》り　われはそ恋ふる　船楫《ふなかぢ》を
無み　（九三五・笠金村《かさのかなむら》）

と歌われている。定家の作はこの長歌の本歌《ほんか》取りである。つまり男が松帆の浦に住む「海少女《あまおとめ》」に恋い焦がれるという本歌を、定家は逆に、「海少女」の立場を仮構し、訪れて来ないつれない恋人を待って、待って身を焦がしている女心を詠んだ。そして彼女が焼く藻塩の煙はそのまま恋に焦がれる彼女の身と心を象徴するのである。

従二位家隆　［1158–1237］藤原家隆。平安末期・鎌倉前期の歌人。名は「かりゅう」とも。光隆の子。宮内卿《くないきょう》従二位に至り、壬生《みぶ》に家があったので、壬生二品《みぶにほん》と称せられた。和歌を俊成《としなり》に学び、定家《ていか》と並び称される。『新古今集』撰者の一人。

98

従二位家隆【じゅにいいえたか】

風そよぐ楢《なら》の小川《をがは》の夕暮《ゆふぐれ》は
御禊《みそぎ》ぞ夏のしるしなりける

◇新勅撰和歌集　巻三・夏・一九二　詞書「寛喜《かんぎ》元年女御入内屏風《じゅだいびょうぶ》」

◉風が楢《なら》の葉を吹きそよがせる、上賀茂《かみがも》の御社《みやしろ》の御手洗《みたらし》、楢の小川のほとりの夕暮れは、さながら秋のような涼しさだが、みそぎをしているのがわずかに夏であることのしるしだよ。

■**楢《なら》の小川**　上賀茂《かみがも》神社の境内を流れる御手洗《みたらし》川のこと。昔この川で陰暦六月末に夏越《なごし》の祓《はらえ》が行われたという。■**御禊《みそぎ》**　夏越《なごし》の祓《はらえ》のこと。その年の上半期の罪や穢《けが》れを祓い落とすために河原に出て水によって身を浄めること。六月末に行う。

清涼感あふれる夏の歌

寛喜《かんぎ》元（一二二九）年十一月十六日、時の関白であった九《く》条道家《じょうみちいえ》の娘竴子《そんし》が後堀河天皇の内裏に入内《じゅだい》した。その際の「月次《つきなみ》御屏風十二帖和歌」で、六月の三面のうち、「六月祓《みなづきばらえ》」の画題を詠《よ》んだものである。

みそぎするならの小川の川風に祈りぞわたる下に絶えじと
（『古今六帖《こきんろくじょう》』第一・一一八　作者未詳）

の本歌取りであるが、

夏山の楢《なら》の葉そよぐ夕暮はことしも秋のここちこそすれ
（『後拾遺集』夏・二三一　源頼綱《よりつな》）

にも影響されているとみられる。楢の葉の重なりをそよがせる風音、小川の水しぶき、神事《しんじ》の清浄感などが重なり合って、涼しげでさわやかなひとときを詠みこんでいる。

この入内屏風和歌《じゅだいびょうぶわか》に際して詠進《えいしん》された家隆の作品を、定家は『明月記《めいげつき》』において、いい作がないと酷評している。しかし、この歌だけはよい出来であると定家も認めていたのであった。

楢の小川

上賀茂神社本殿の東側を流れる御物忌川《おものいみがわ》と、西側を流れる御手洗川《みたらしがわ》が合流し、境内を流れてゆく。

夏越の祓（上賀茂神社）

6月30日に行われる夏越の祓では、橋殿から人形《ひとがた》を流して罪・穢《けが》れを祓《はら》い清める。

99

後鳥羽院【ごとばいん】

人も愛《を》し人も恨《うら》めしあぢきなく
世を思ふゆゑにもの思ふ身は

◇続後撰和歌集　巻十七・雑中・一二〇二　詞書「題しらず」

◉人がいとおしくも、また恨《うら》めしくも思われる。おもしろくないことに、世の成り行きを思うがゆえに思い悩むこの身には。

後鳥羽院　[1180-1239]　第八二代の天皇。高倉天皇の第四皇子。承久三（一二二一）年、鎌倉幕府の執権《しっけん》北条《ほうじょう》義時《よしとき》追討を謀って承《じょう》久《きゅう》の乱を起こしたが失敗、隠岐《おき》に流され、同地に没した。藤原定家らに『新古今集』を撰集させた。

■**人も恨めし**　「恨《うら》めし」は恨めしいの意。第一句の「愛し」と相反する形容詞を対比的に用いた。■**あぢきなく**　何をしてもうまく行かず、苦々《にがにが》しい思いをいう。『源氏物語』須磨《すま》の巻にも、源氏の心情を「かかる折は、人わろく、恨めしき人多く、世の中はあぢきなきものかなとのみ、よろづにつけて思す」と叙している。

王道の衰微に対する苛立《いらだ》ち

この歌は、家集『後鳥羽院御集《ごとばいんぎょしゅう》』によると、建暦《けんりゃく》二（一二一二）年十二月の二十首御会で「述懐《じゅっかい》」の題を詠んだ五首のうちの一首として詠まれたものである。当時後鳥羽院は三十三歳であった。中年というよりは、古の帝王にとってはむしろ初老といったほうがよいかもしれない年齢にさしかかっていた頃《ころ》である。

「人も愛《を》し人も恨《うら》めし」という二句は、「人」を愛する気持ちと「人」のありように満足できない心と、一見矛盾した心の働きを表現したものである。しかし、この二つは矛盾してはいないのであろう。「恨めし」は相手から離れ、または相手を捨てようとする「いとはし」とは違う。相手の愛情を期待するからこそ、満たされぬことを恨むのだから、それは「愛《を》し」と同じく、相手に執着する心の状態である。

このころ院は漠然《ばくぜん》たる不安に捉《とら》えられていた。王道の衰微を膚《はだ》で感じ取っていたのだろう。鎌倉幕府との関係で政治上の行き詰まりを痛感し、しかもそんな現状を打破できない自身と、その周辺に対する苛立《いらだ》ちや愛憎半ばする感情をもてあますようになり、それを吐露したのがこの歌だったのである。

隠岐

隠岐諸島は、島前《どうぜん》（知夫里《ちぶり》島・西ノ島・中ノ島）と島後《どうご》、およびその他の小島からなる。後鳥羽院は中ノ島（隠岐郡海士《あま》町）に配流された。（写真は西ノ島の国賀《くにが》海岸）

100

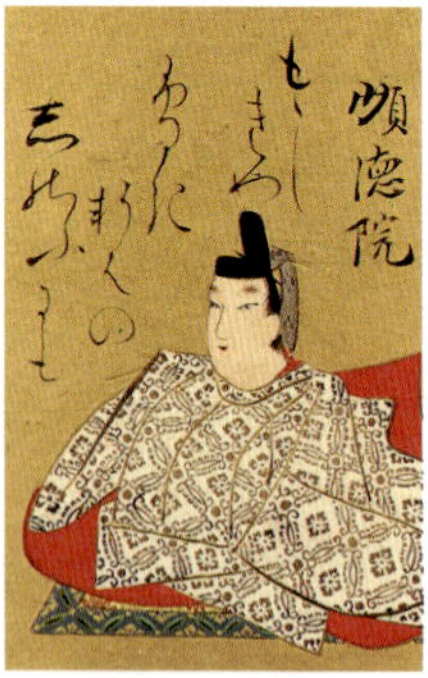

順徳院 ［1197-1242］第八四代の天皇。後鳥羽《ごとば》天皇の第三皇子。父後鳥羽院とともに承久《じょうきゅう》の乱を起こしたが敗北し、佐渡に流され、同地に没した。和歌は藤原定家《ていか》に学び、歌学書『八雲御抄《やくもみしょう》』、故実書『禁秘抄《きんぴしょう》』などの著作がある。

順徳院【じゅんとくいん】

百敷《ももしき》や古き軒端《のきば》のしのぶにも
なほ余《あま》りある昔なりけり

◇続後撰和歌集　巻十八・雑下・一二〇五　詞書「題しらず」

◉宮中の古い建物の軒端《のきば》に生えている忍《しの》ぶ草、その忍ぶのように、偲《しの》ぶにつけて、いくら偲んでも余りある昔であるなあ。

■**百敷《ももしき》や**　「ももしき」は内裏、宮中の意。「や」は詠嘆の間投助詞。■**しのぶ**　忍ぶ草（ノキシノブ）に動詞「偲ぶ」（回想する）を掛けている。■**なほ余りある**　「あまり」は軒先《のきさき》の突き出ている部分の「余り」を言う語でもあるので、上の「軒端《のきば》」の縁語《えんご》になる。

聖代を懐かしむ

家集『順徳院御集《じゅんとくいんぎょしゅう》』によれば、建保《けんぽう》四（一二一六）年ごろ詠まれた「二百首和歌」での一首である。周防内侍《すおうのないし》が家を手放す際に柱に書き付けたという、

住みわびてわれさへのきのしのぶ草しのぶかたがたしげき宿かな　（『金葉集』二度本・雑上・五九一）

の歌などが念頭に置かれているのであろう。

軒先《のきさき》に生えた忍ぶ草は、その建物が荒廃しているという感じを与える。この歌も忍ぶ草が生えた古い軒端を詠むことによって、宮中の荒廃、ひいては王道、帝徳の衰微を嘆き悲しんだものである。

では、王道の行われる世の中、つまり「昔」として、この作者はどのような治世を考えていたのであろうか。それはやはり、律令《りつりょう》国家が円滑に機能していたかのように後世理想化されてゆく延喜《えんぎ》・天暦《てんりゃく》（九〇〇～九五七）あたりの御代であったのかもしれない。そして、理想化された「昔」と王道が衰微してしまった現在とを思い比べ、そのあまりの隔たりをただ嘆くのみであった。承久《じょうきゅう》の乱の前の、行き詰まった状況の中から洩《も》れた嘆息が聞こえてくるようである。

百人一首の成り立ち

久保田　淳

「百人一首」という言葉は、広い意味と狭い意味と、両義を有する言葉である。試みに、『日本国語大辞典』で「百人一首」の項を見ると、

百人の歌人の和歌を一首ずつえらび集めた歌集。また、それをカルタにしたもの。特に、藤原定家の撰といわれる小倉百人一首が有名。

と解説されている。右の記述のうち、「百人の歌人の和歌を……カルタにしたもの」までが広義のというか、普通名詞としての「百人一首」の定義であり、「特に……」の部分が狭義のというか、固有名詞としての「百人一首」について言及しているということになる。実際は「小倉百人一首」を意味する「百人一首」が有名になったのちに、さまざまな「百人一首」が作られて、それらをすべて「百人一首」という言い方で括《くく》った結果、このような記述をとっているのだから、これはかならずしもこの言葉の歴史に沿った説明のし方ではないともいえるのである。それゆえに、ここでも主として「小倉百人一首」の成り立ちについて述べて、その他の「百人一首」については若干言及する程度にとどめようと思う。

「小倉百人一首」の成り立ちに深く関わっているのは藤原定家《ふじわらのていか(さだいえ)》である。定家は藤原氏北家《ほっけ》の長家《ながいえ》流と呼ばれる家筋に、俊成《しゅんぜい(としなり)》を父、藤原親忠女《ふじわらのちかただむすめ》（女房名は美福門院加賀《びふくもんいんのかが》）を母として、応保《おうほう》二年（一一六二）に生れ、仁治《にんじ》二年（一二四一）八月二十日、八十歳で世を去った。のちに御子左家《みこひだりけ》と呼ばれるこの家筋の祖である長家（道長の子）、その子忠家《ただいえ》、その孫俊忠《としただ》も、一通りの歌よみではあったが、とくに歌人として世に知られたのは俊忠の子俊成である。彼は公卿としては皇太后宮大夫正三位という程度にとどまらざるをえなかったが、和歌の世界では出家後に後白河法皇の院宣《いんぜん》によって第七番目の勅撰集、「千載和歌集《せんざいわかしゅう》」の撰者になるという、宮廷歌人として最高の栄誉をかちえたのであった。俊成はこの歌の家の伝統を絶やすまいと考え、早くから歌才を示した二男の定家に嘱望《しょくぼう》し、その宮廷歌壇における活躍の場を確保するよう努めたのである。俊成の努

力は実って、定家は後鳥羽院《ごとばいん》に認められ、院が主宰するいわゆる新古今歌壇の中心的歌人と見なされるに至る。けれども、俊成が「千載和歌集」を一人で撰んだのに対して、「新古今和歌集」は、源通具《みなもとのみちとも》・藤原有家・藤原定家・藤原家隆《いえたか》・藤原雅経《まさつね》の五人が撰者である。しかも、実際はこの五人が選定したものを後鳥羽院自身が更に精選しているので、院は実質的には最も決定権を持った撰者なのである。定家がそういう状態に少なからず不満を抱いていたであろうことは、その日記「明月記《めいげつき》」の端々から窺《うかが》うことができる。後鳥羽院の側にも当然、自身の和歌についての考えに批判的な言動のある定家を快しとしない感情は徐々にきざしてきたであろう。それは承久《じょうきゅう》二年（一二二〇）二月十三日、順徳天皇の内裏歌会《だいりうたかい》で定家が「野外《ノ》柳」という題を、

道のべの野原の柳したもえぬあはれ歎《なげ》きのけぶりくらべに

と詠《よ》んだことがきっかけとなって、露呈した。後鳥羽院は以後内裏での和歌の催しに定家を召してはならぬと、わが子順徳天皇に厳命したのである。「けぶりくらべに」という不吉なイメージを伴う歌句（禁忌の詞《ことば》）をこともあろうに内裏歌会で詠んだのが、院の逆鱗《げきりん》に触れたというのであるが、真因はもっと深い所に潜んでいるのであろう。

こうして、定家が宮廷和歌からしばし遠ざけられているうちに（もっとも、順徳天皇は定家に対して同情的で、ひそかに歌を召している）、承久三年五月、後鳥羽院は順徳院（その直前、皇子の仲恭《ちゅうきょう》天皇に譲位している）とともに、鎌倉幕府の執権北条義時《ほうじょうよしとき》を討とうとして、諸国の武士に院宣を下した。承久の乱が勃発したのである。この兵乱は一か月ほどで後鳥羽院側の無残な敗北に終った。関東の戦後処理は峻烈をきわめ、落飾した後鳥羽法皇は隠岐《おき》へ、順徳院は佐渡へ、そして土御門院も土佐（のちに阿波《あわ》）へと遷《うつ》された。事件に関係した貴族や武士達の多くは斬刑に処された。義時は仲恭天皇を廃し、後堀河天皇を立て、さらに関東と京の連絡役として、親幕派であるために後鳥羽院に睨《にら》まれていた藤原（西園寺）公経《きんつね》を重用するよう、申し入れた。

この公経は定家の室の弟である。また、源《みなもとの》実朝《さねとも》なきのちの鎌倉将軍藤原頼経《よりつね》が出た九条家《くじょうけ》は、定家が主家と仰いでいる家である。その公経・道家は舅聟《しゅうとむこ》の間柄でもある。このような政情や人間関係は、承久の乱直前に後鳥羽院の勘気をこうむって逼塞《ひっそく》していた定家にとっては、官途における栄達と歌道における名誉とをもたらすことになったのであった。すなわち、彼は公卿としては権中納言正二位に至り、宮廷歌人としては第九番目の勅撰集「新勅撰和歌集」の単独撰者となることができたのである。

「新勅撰和歌集」撰進の業が終了したのは、文暦《ぶんりゃく》二年（一二三五）三月十二日のことである。それからほぼ二か月のちに撰ばれたものが、「小倉山荘色紙和歌《おぐらさんそうしきしわか》」、すなわち「小倉百人一首」またはその原形をなす秀歌選なのである。

俊成が自身の後継者として定家を薫陶《くんとう》したように、定家もわが子の教育にきわめて熱心であった。子供達の方はしばしば歌道を等閑視して父を嘆かせたが、嫡男為家《ちゃくなんためいえ》は承《じょう》久《きゅう》の乱後はひたすら和歌に精進し、定家を安堵させるまでの歌人に成長していった。この為家はかつて幕府の要人であった宇都宮頼綱《うつのみやよりつな》、法名蓮生《れんしょう》の娘聟《むこ》となっている。その蓮生の京における山荘が嵯峨中院にあった。蓮生はその中院山荘の障子（襖《ふすま》）に貼《は》る色紙形の和歌の揮毫《きごう》を定家に求めたのである。定家がそれに応じて百首の和歌を自ら染筆して送り届けたのは、文暦二年五月二十七日のことであった。「明月記」当日の条には、次のように記されている。

予本より文字を書く事を知らざるに、嵯峨中院の障子色紙形、故《ことさら》に予書くべきの由、彼の入道（蓮生）懇切なり。極めて見苦しき事と雖も、憖《なまじい》に染筆し、之を送る。古来の人の歌各一首、天智天皇より以来家隆・雅経に及ぶ。

（原漢文）

ここには「百首」という数は記されていないが、染筆された色紙形はおそらく百首かそれに近い数であったであろうと想像するのが自然である。というのは、「百人秀歌嵯峨山庄色紙形京極黄門撰」と題する写本が存在するからである。この本は伝来の過程などから、後人が偽撰したものとは考えにくく、「小倉百人一首」のいわば草稿本と見なされるのである。「百人秀歌」というものの、その内容は百一人百一首で、「小倉百人一首」にはない次の四首が含まれている。

よもすがらちぎりしことをわすれずはこひんなみだのいろぞゆかしき　一条院皇后宮
春日野ゝしたもえわたるくさのうへにつれなくみゆるはるのあはゆき　権中納言国信
やまざくらさきそめしよりひさかたのくもゐにみゆるたきの白いと　源俊頼朝臣
きのくにのゆらのみさきにひろふてふたまさかにだにあひみてしがな　権中納言長方

そして、逆に「小倉百人一首」に含まれている、

うかりける人をはつせの山おろしよはげしかれとはいのらぬものを　源俊頼朝臣
人もをし人もうらめしあぢきなく世を思ふゆゑに物おもふ身は　後鳥羽院
百敷《ももしき》や古き軒端《のきば》のしのぶにもなほあまりあるむかしなりけり　順徳院

の三首は見出されない。また、家隆の位署は「正三位家隆」とある。

すると、定家が蓮生に書き送ったのはこの「百人秀歌」の百一首なのであろうか、それとも現在の「小倉百人一首」の百首なのであろうか。「明月記」には「天智天皇より以来家隆・雅経に及ぶ」と記されていた。「小倉百人一首」は確かに天智天皇から始まっているが、後鳥羽院・順徳院に終る。ところで、文暦《ぶんりやく》二年の時点では、前に述べたように後鳥羽院は隠《お》岐《き》で、順徳院は佐渡で、ともに流謫《るたく》の日々を送っていた。もとより、後鳥羽院・順徳院という諡《おくりな》を得ていない。隠岐の院であり、佐渡の院であるにすぎない。家隆にしても、まだ従二位になっておらず、正三位である。ゆえに現在伝わる「百人一首」の写本が文暦二年五月二十七日に揮毫《きごう》された色紙形それ自体の形を伝えるものでないことはいうまでもない。それにしても、その時の百首中に後鳥羽院・順徳院の作は撰ばれていたのであろうか。この直前に定家が単独で撰んだ「新勅撰和歌集」には、後鳥羽院・順徳院の詠は全く含まれて

いない。「明月記」文暦元年（一二三四）十一月十七日の条や俊成卿女《しゅんぜいきょうのむすめ》の著した「越部禅《こしべのぜん》尼消息《にしょうそく》」などから想像すると、両院の詠は定家の草稿本には含まれていたのだが、幕府に遠慮した九条道家・教実《のりざね》父子が削除させたらしいのである。そのような経験のある定家が、関東の要人の目にふれるかもしれない蓮生の山荘の色紙形として、あえて両院の歌を撰んだであろうか。しかしまた、定家が歌人としての両院を高く評価していたことも確かなのである。定家が揮毫《きごう》した色紙形の現物とされるのが「小倉色紙」である。その中には「うかりける……」や「人もをし……」「百敷や……」の歌を記した色紙が現存する。けれども、その真偽については人により説が分かれ、決定的なことはいえないのである。

定家が「新勅撰和歌集」の選歌に従っている頃、隠岐では後鳥羽院が「時代不同歌合《じだいふどううたあわせ》」という、上古から当代に至る著名歌人百人、一人三首計三百首から成る歌合形式の秀歌選を撰んでいた。院は更に「新古今集」以後の若い世代に属する歌人をも対象として、「遠所三十六人撰」と呼ばれる歌仙（著名歌人の秀歌選）をも撰んでいたらしい。これらのことは定家をいたく刺激したようである。「遠所三十六人撰」の実態は不明であるが、「時代不同歌合」の作者や選ばれた歌は「小倉百人一首」と一致するものが多い。もとより、定家もその作者の一人である。「時代不同歌合」と「小倉百人一首」の成立の前後については明確なことはいえないが、両者の間に何らかの繋《つな》がりがあるのではないかという想像は、唐突なものではないであろう。そして、一方の「時代不同歌合」が定家を含んでいるように、定家も政治性の強い勅撰集と今は一私人にすぎない蓮生の山荘の室内装飾のための秀歌選とは別次元の問題と考えて、両院の歌をも揮毫したのではないであろうか。

けれども、承久の乱以前に後鳥羽院からあのような形での勘気をこうむっていた定家としては、両院の作をあえて入れる気にはなれず、現在の「小倉百人一首」のような形となったのは、為家などが補訂した結果であろうという見方もある。また、定家は後鳥羽院を快く思っていなかったので、院の歌ではよりによって暗い心情を吐露した述懐歌を選んでいるのであるという人もいる。この小さな秀歌選の成り立ちは依然として謎に満ちており、それゆえに冒頭に掲げた国語辞典の解説でも、「藤原定家の撰といわれる、小倉百人一首」と記述しているのである。

それにしても、なぜ「百」という数が選ばれたのであろうか。「百」にはまず大きな数、まとまった数という意識が伴っているのであろうが、それとともにおそらくそこには平安中期頃から盛んになってきた百首和歌（百首歌）の影響を認めてよいであろう。百首歌は一人がまとめて百首を詠むものであった。けれども、後鳥羽院の時代には一人二十首ずつ五人が詠んで百首とする「五人百首」という試みもなされている。後鳥羽院の「人もをし」の歌はその時の一首なのである。そのように複数作者によって一編の百首歌を構成するという方法が、著名歌人の代表歌を選ぶ歌仙という、藤原公任《ふじわらのきんとう》以来の批評的意識に支えられた秀歌選の形式と結合したところに、「百人一首」が生れる基盤があったのであろう。

「時代不同歌合」は絵巻としても伝存する。すなわち、百人の作者の似絵《にせえ》（肖像画）を伴っているのである。「小倉山荘色紙形和歌」が同じように似絵を伴っていたかどうかは明らかではない。しかしながら、この時代には藤原信実《ふじわらののぶざね》のごとき似絵の名手がいた。やはり似絵は描かれたと想像してよいのかもしれない。

「小倉百人一首」は単に「百人一首」と呼ばれて、中世においては権威ある歌学書の扱いを受けている。古くからあった遊戯の貝合《かいあわせ》や南蛮文化の渡来以後流行した「うんすんかるた」などの影響で歌がるたとして享受されるようになったのは、近世に入ってからのことである。その前後から、「小倉百人一首」を模して、「新百人一首」「女房百人一首」「武家百人一首」など、さまざまな百人一首が生れた。その現象は近・現代にも及び、第二次世界大戦の直前には「愛国百人一首」が選定され、近年も著名な歌人や作家による百人一首が作られている。これらは「異種百人一首」と呼ばれる。

「小倉百人一首」の誕生に深く関わった定家・為家の家は、為家の子の代に至って、二条・京極《きょうごく》・冷泉《れいぜい》の三家に分かれた。このうち、京極家は鎌倉時代の末には断絶し、二条家も室町時代に絶えたのに対し、為相《ためすけ》を祖とする冷泉家のみは綿々と代を重ねて歌の家としての道統を今日に伝えている。京都御所の北、今出川《いまでがわ》通りに面して現存する冷泉家には財団法人冷泉家時雨亭《しぐれてい》文庫が設置され、歌書を中心とする、国宝・重要文化財を含む多くの典籍が蔵せられている。将来それらの調査が進められるとともに、現段階においては未だ多くの推測の域にとどまらざるをえない「小倉百人一首」の成立の謎も、あるいは解明されないとも限らないのである。

光琳《こうりん》カルタについて

尾形《おがた》光琳の「小倉百人一首歌留多《おぐらひゃくにんいっしゅかるた》」は、上句百枚と下句百枚を合わせ二百枚が、光琳意匠を施された小箱の中に収められている。元来は九条家《くじょうけ》伝来のものでのち鴻池家《こうのいけけ》に移り、今日では個人蔵と受け継がれ、破損もなくきれいな形で保存されてきている。

上句の札にはそれぞれの歌人の像、いわゆる歌仙像《かせんぞう》が描かれ、下句の札にはそれぞれの歌意に合わせるように花鳥山水などを配した絵が描かれている。上の句は歌仙名とともに上方の金地に寄せて書かれ、下方の歌仙像とともにいわゆる歌仙絵の形をなす。下の句は金泥をまじえた濃彩色の大和絵風の絵柄の中に散らし書きされている。札の裏はすべて金地で、百首の最初の天智天皇《てんじてんのう》と最後の順徳院《じゅんとくいん》との上下の札四枚の裏に、「法橋光琳《ほっきょうこうりん》」と署名して、「潤声《かんせい》」の印を押してある。

この落款《らっかん》からも光琳の作と認められるものであるが、さらに小西家旧蔵の光琳関係資料の中にこの歌留多の上句百枚の白描の画稿（現文化庁蔵）が残っていて製作の過程を伝えている。両者の絵柄は百図とも全く同じである。ただ、画稿の線が描写風なのに対し、歌

光琳カルタの下絵の一部
（小学館「小倉百人一首鑑賞」）

留多の絵はより平面的に様式化されており、その変化が興味をひくところである。この変化や下の句の絵の意匠性の強い画風などから、光琳の晩年に近い宝永《ほうえい》年間（一七〇四～一一）の作と目されている。

なお画稿に書かれた歌人の名と歌留多の歌仙名の筆跡とが酷似しているところから、歌留多の歌も、光琳によって書かれた可能性が強いと考えられている。

百人一首カルタは、西洋の南蛮カルタの伝来に触発され、紙の普及と相まって、江戸初期に生まれたものと考えられる。カルタ以外の百人一首絵には、画帖、板本《はんぽん》、扁額《へんがく》の類があり、画帖では、狩野探幽《かのうたんゆう》の筆になるものが古く、板本では、菱川師宣《ひしかわもろのぶ》の筆になるものが著名である。その他、多数の百人一首絵の遺品があるが、多くの歌仙絵に類似が見られるところから、いくつかの祖本の存在が考えられる。「光琳歌留多」も他の百人一首絵と共通する図柄が多く、いずれかの祖本に拠っているものと思われる。

ちなみに、尾形光琳は、本阿弥光悦《ほんあみこうえつ》、俵屋宗達《たわらやそうたつ》に続く江戸中期の画家である。万治元年（一六五八）京都の呉服商の家に生まれ、はじめ狩野派《かのうは》の絵を学んだが、光悦、宗達の装飾性の強い画風に傾き、大胆な意匠とはなやかな色彩とで独自の一派をなした。その画風は弟乾山《けんざん》や酒井抱一《さかいほういつ》らによって受け継がれたが、琳派《りんぱ》または光琳風の意匠は今日に至るまで、日本美術なかんずく工芸の世界に根強く生きている。光琳の名は惟富《これとみ》、のちに伊亮《これすけ》、方祝《まさとき》とも。元禄《げんろく》十四年（一七〇一）四十四歳で法橋《ほっきょう》の位を得ているが、「法橋光琳」と署名する作品がほとんどであることから、それ以降、享保《きょうほう》元年（一七一六）に五十八歳で没するまでの十数年間に創作活動が集中しているものと思われる。光琳のほかに、寂明《じゃくみょう》、道《どう》崇《すう》、澗声《かんせい》、などの号を用い、また、青々斎《せいせいさい》、長江軒《ちょうこうけん》などとも号した。代表作の「燕子花《かきつばた》図屏風《びょうぶ》」と「紅白梅図《こうはくばいず》屏風」はともに国宝に指定されている。

百人一首 語句さくいん

全百首の歌の、上の句・下の句をはじめ、各語句を五十音順に配列し、歌番号を示した。（◓は上の句（初句）、◒は下の句（第四句）を示す）

〈歌番号〉

【あ】

逢《あ》ひ見ての◓……43
逢《あ》ふことの◓……44
逢《あ》ふこともがな……56
暁《あかつき》ばかり◒……30
秋風ぞ吹く……71
秋風に◓……79
秋にはあらねど……23
秋の草木の……22
秋の田の◓……1
秋の野は……37
秋の夕暮……70・87
秋は悲しき……5
秋は来にけり……47
秋もいぬめり……75
明くる間は……53
明けぬれば◓……52
明けぬるを……36
明けやらぬ……85
浅茅生《あさじふ》の◓……39
朝ぼらけ◓……31・64
朝ぼらけかな……52
あぢきなく……99
蘆《あし》のかりねの……88
蘆《あし》のまろ屋に◒……71
あしひきの◓……3
あだ波は……72
天《あま》つ風◓……12
海人《あま》の小舟の◒……93
天《あま》の香具山……2
海人《あま》の釣舟……11
天《あま》の橋立《はしだて》……60
天《あま》の原◓……7
あまりてなどか◒……39
あらざらむ◓……56
あらしといふらむ……22
嵐の庭の……96
嵐吹く◓……69
あらで憂《う》き世に……68
あらはれわたる◒……64
有明《ありあけ》の◓……30
有明《ありあけ》の月と……31
有明《ありあけ》の月を◒……21
有馬山《ありまやま》◓……58
あるものを……65・82
淡路島《あわじしま》◓……78
逢《あ》はでこの世を◒……19
逢《あ》はむとぞ思ふ……20・77
あはれ今年の◒……75
あはれと思へ……66
あはれとも◓……45

【い】

いひしばかりに……21
いふべき人は……45
いふよしもがな……63
いかに久しき◒……53
いく野の道の……60
いく夜寝覚めぬ◒……78
いづくも同じ◒……70
いづみ川……27
いたづらに……9
いつ見きとてか◒……27
出《い》でし月かも……7
いでそよ人を◒……58
猪名《いな》の篠原《ささはら》……58
いなばの山の……16
いにしへの◓……61
命さへ……50
命ともがな……54
命にて……75
祈らぬものを……74
今帰り来む……16
今来むと◓……21
今は恋しき……84
今はたおなじ……20
今はただ◓……63
いまひとたびの◒……26・56
色に出《い》でにけり……40
色は変はらず……90
岩打つ波の……48
岩にせかるる……77

【う】

憂《う》かりける◓……74
憂《う》きに堪《た》へぬは◒……82
憂《う》きものはなし……30
憂《う》き世の民に……95
憂《う》しと見し世ぞ◒……84
宇治《うじ》の川霧……64
うち出《い》でて見れば……4
移りにけりな……9
恨みざらまし……44
恨みわび◓……65

【え】

衛士《えじ》のたく火の……49
えやはいぶきの……51

【お】
お(あ)ふ坂《さか》の関《せき》……10
逢坂山《おうさかやま》の……25
大江山《おおえやま》◒……60
おほふかな……95
おほけなく◒……95
沖つ白波……76
沖の石の……92
置きまどはせる◒……29
置く霜の……6
奥山に◒……5
小倉山◒……26
惜しからざりし……50
惜しくもあるかな……38
雄島《おじま》の海人《あま》の……90
おとづれて……71
音に聞く◒……72
乙女《おとめ》の姿◒……12
尾《お》の上《え》の桜……73
小野の篠原《ささはら》……39
おのれのみ……48
思ひ入る……83
思ひそめしか……41
思ひ絶えなむ……63
思ひ出《い》でに……56
思ひけるかな……50
思ひわび◒……82
思ふころかな……48
思ほえで……45
思はざりけり……43
思はする……86
折らばや折らむ……29
【か】
かひなくたたむ◒……67
かくとだに◒……51
かけじや袖の◒……72
影のさやけさ……79
かこちがほなる◒……86
鵲《かささぎ》の◒……6
かぢを絶え……46
春日《かすが》なる……7
風そよぐ◒……98
風のかけたる……32
風の吹きしく……37
風吹けば……58
風をいたみ◒……48
かたければ……54
かたぶくまでの◒……59
かたみに袖を……42
門田《かどた》の稲葉《いなば》……71
悲しけれ……23
香に匂ひける……35
神のまにまに……24
神代も聞かず……17
通ふ千鳥の……78
からくれなゐに◒……17
かりほの庵《いお》の……1
かれぬと思へば……28
かわく間もなし……92
【き】
岸に寄る波……18
君がため◒……15・50
けふ九重《ここのえ》に◒……61
今日を限りの◒……54
きりぎりす◒……91
霧立ちのぼる◒……87
【く】
くだけてものを◒……48
雲居《くもい》にまがふ◒……76
雲隠れにし◒……57
雲のいづこに◒……36
雲の通ひ路……12
くらぶれば……43
来るよしもがな……25
暮るるものとは……52
黒髪の……80
【こ】
恋しかるべき◒……68
恋しかるらむ……27
恋すてふ◒……41
恋ぞ積もりて◒……13
恋に朽ちなむ◒……65
恋のみちかな……46
恋ひわたるべき……88
声聞く時ぞ◒……5
漕《こ》ぎ出《い》でて見れば……76
漕ぎ出でぬと……11
心あてに◒……29
心あらば……26
心にも◒……68
心も知らず……35・80
来ぬ人を◒……97
このたびは◒……24
この世のほかの……56
これやこの◒……10
衣打つなり……94
衣かたしき◒……91
衣干すてふ◒……2
【さ】
咲きにけり……73
さしも草……51
さしも知らじな◒……51
させもが露を……75
さても命は……82

さねかづら……25
寂しきに……47
寂しさに◒……70
さむしろに……91
さ夜（よ）更けて……59・94

【し】

潮干《しおひ》に見えぬ……92
しをるれば……22
しかぞ住む……8
鹿ぞ鳴くなる……83
しがらみは……32
茂れる宿の……47
しづ心なく◒……33
しだり尾の……3
しのばれむ……84
しのぶにも……100
しのぶもぢずり……14
忍ぶることの◒……89
忍ぶれど……39・40◒
しばしとどめむ……12
しぼりつつ……42
白菊の花……29
白露に◒……37
知りながら……52
しるしなりける……98
知る人にせむ……34
知る人もなし……66
知るも知らぬも◒……10
白きを見れば◒……6
白妙《しろたえ》の……2・4

【す】

末《すえ》の松山◒……42
過ぐしてよとや……19
須磨《すま》の関守《せきもり》……78
すみ染めの袖……95
住《すみ》の江《え》の◒……18

【せ】

関《せき》は許さじ……62
瀬々《せぜ》の網代木《あじろぎ》……64
瀬をはやみ◒……77

【そ】

袖《そで》だにも……90

【た】

たえだえに……64
絶えてしなくは……44
絶えて久しく……55
絶えなば絶えね……89
たえ間より……79
高砂《たかさご》の……34・73◒
高師《たかし》の浜の……72
滝川《たきがわ》の……77
滝の音は◒……55
田子《たご》の浦《うら》に◒……4
ただ有明《ありあけ》の◒……81
立たずもあらなむ……73
立ちにけり……41
立ち別れ◒……16
竜田川《たつたがわ》……17
竜田《たつた》の川《かわ》の◒……69
たなびく雲の……79
手枕《たまくら》に……67
玉ぞ散りける……37
玉の緒《お》よ◒……89
手向山《たむけやま》……24
たれゆゑに……14
誰《たれ》をかも◒……34

【ち】

誓ひてし……38
契《ちぎ》りおきし◒……75
契りきな◒……42
ちぢにものこそ……23
ちはやぶる◒……17

【つ】

月ぞ残れる……81
月見れば◒……23
月宿るらむ……36
月やはものを……86
月を見しかな……59
筑波嶺《つくばね》の◒……13
綱手《つなで》かなしも……93
常にもがもな……93
露にぬれつつ……1
露もまだ干ぬ……87
つらぬきとめぬ◒……37
つれなかりけり……85
つれなく見えし……30

【と】

遠ければ……60
とばかりを……63
苫《とま》をあらみ……1
友ならなくに……34
外山《とやま》の霞◒……73
鳥のそら音は……62

【な】

なほ余りある◒……100
なほ恨めしき◒……52
なほ聞こえけれ……55
ながからむ◒……80
長くもがなと◒……50
長月の……21
ながながし夜を◒……3
なかなかに……44
ながむれば……70・81
ながめせしまに……9

長（なが）らへば……68・84◓・89
流れもあへぬ◒……32
渚《なぎさ》漕《こ》ぐ……93
鳴きつる方を……81
鳴く声に……78
鳴く鹿の……5
鳴くや霜夜の……91
嘆きつつ◓……53
嘆けとて◓……86
名こそ惜しけれ……65・67
名こそ流れて◒……55
夏来にけらし……2
夏の夜は◓……36
名にし負はば◓……25
難波江《なにわえ》の◓……88
難波潟《なにわがた》◓……19
難波《なにわ》なる……20
波越さじとは……42
涙なりけり……82
楢《なら》の小川の……98
奈良の都の……61
なりぬべきかな……45
なりぬれど……55

【に】
匂《にお》ひぬるかな……61
錦《にしき》なりけり……69

【ぬ】
幣《ぬさ》も取りあへず……24
濡《ぬ》れにぞ濡《ぬ》れし◒……90
ぬれもこそすれ……72

【ね】
寝なましものを……59
ねやのひまさへ◒……85

【の】
のちの心に……43

【は】
はかるとも……62
激しかれとは◒……74
初霜の……29
花さそふ◓……96
花ぞ昔の◒……35
花の色は◓……9
花の散るらむ……33
花よりほかに◒……66
春過ぎて◓……2
春の野に出でて……15
春の日に……33
春の夜の◓……67

【ひ】
光のどけき……33
ひさかたの……33◓・76
人こそ知らね◒……92
人こそ見えね◒……47
人知れずこそ◒……41
人づてならで◒……63
人に知られで◒……25
人には告げよ◒……11
人の命の◒……38
人の恋しき……39
人の問ふまで……40
人はいふなり……8
人はいさ◓……35
人目も草も◒……28
人目よくらむ……18
人も恨めし……99
人も愛《お》し◓……99
ひとよゆゑ……88
ひとりかも寝む……3・91
ひとり寝る夜の……53
人を初瀬《はつせ》の……74
人をも身をも◒……44
昼は消えつつ◒……49

【ふ】
吹きとぢよ……12
吹くからに◓……22
富士の高嶺《たかね》に◒……4
ふしの間も……19
淵《ふち》となりぬる……13
冬ぞ寂しさ……28
ふりさけ見れば……7
ふりゆくものは◒……96
古き軒端《のきば》の……100
ふるさと寒く◒……94
ふるさとは……35
降れる白雪……31

【ほ】
干《ほ》さぬ袖《そで》だに……65
ほととぎす◓……81

【ま】
まきの葉に……87
まさりける……28
またこのごろや……84
まだふみも見ず◒……60
まだ宵《よい》ながら……36
待ち出でつるかな……21
まつとし聞かば◒……16
まつほの浦《うら》の……97
松も昔の◒……34

【み】
御垣守《みかきもり》◓……49
三笠《みかさ》の山に◒……7
みかの原◓……27
短き蘆《あし》の……19
見しやそれとも……57

水くるとは……17
見せばやな◓……90
御禊《みそぎ》ぞ夏の◒……98
乱れそめにし◒……14
乱れてけさは◒……80
道こそなけれ……83
陸奥《みちのく》の◓……14
みなの川……13
峰《みね》に生ふる……16
峰の紅葉葉……26
峰より落つる……13
身のいたづらに◒……45
三室《みむろ》の山の……69
身もこがれつつ……97
都の辰巳《たつみ》……8
みゆき待たなむ……26
み吉野《よしの》の◓……94
見るまでに……31
みをつくしても◒……20
身を尽くしてや◒……88
身をば思はず……38

【む】

昔なりけり……100
昔はものを◒……43
むべ山風を◒……22
村雨《むらさめ》の◓……87
めぐり逢《あ》ひて◓……57

【も】

もの思ふころは……85
もの思ふ身は……99
ものとかは知る……53
ものや思ふと◒……40
ものをこそ思へ……49・80
紅葉《もみじ》なりけり……32
紅葉《もみじ》の錦《にしき》◒……24
もみぢ葉は……69
紅葉《もみじ》踏み分け……5
百敷《ももしき》や◓……100
燃ゆる思ひを……51
漏《も》れ出づる月の◒……79
もろともに◓……66

【や】

八重桜《やえざくら》……61
八重《やえ》むぐら◓……47
焼くや藻塩《もしお》の◒……97
やすらはで◓……59
八十島《やそしま》かけて……11
宿を立ち出でて……70
山おろしよ……74
山川に◓……32
山桜……66
山里は◓……28
山鳥の尾の……3
山の秋風……94
山の奥にも◒……83

【ゆ】

夕暮は……98
夕されば◓……71
夕なぎに……97
雪ならで……96
雪は降りつつ……4・15
ゆくへも知らぬ◒……46
ゆく末までは……54
行くも帰るも……10
夢の通ひ路◒……18
夢ばかりなる……67
由良《ゆら》の門《と》を◓……46

【よ】

吉野《よしの》の里《さと》に◒……31
夜ぞ更けにける……6
よに逢坂《おうさか》の◒……62
世の中は◓……93
世の中よ◓……83
夜もすがら◓……85
よるさへや……18
夜《よる》は燃え……49
夜半《よわ》の月影……57
夜半《よわ》の月かな……68
弱りもぞする……89
世をうぢ山と◒……8
世を思ふゆゑに◒……99
夜をこめて◓……62

【わ】

わが庵《いお》は◓……8
わが恋は……40
わが衣手《ころもで》に◒……15
わが衣手は◒……1
わが袖《そで》は◓……92
わが立つ杣《そま》に◒……95
若菜《わかな》摘《つ》む……15
わが名はまだき……41
わが涙かな……86
分かぬ間に……57
わが身なりけり……96
わが身ひとつの◒……23
わが身世にふる◒……9
別れては……10
別れより……30
わきて流るる……27
忘らるる◓……38
忘れじの◓……54
忘れやはする……58
渡せる橋に……6

わたの原◓……11・76
渡る舟人……46
わびぬれば◓……20
われても末に◓……77
われならなくに……14

作者さくいん

〈歌番号〉

【あ行】
赤染衛門《あかぞめえもん》……59
安倍仲麿《あべのなかまろ》……7
在原《ありわらの》業平《なりひらの》朝臣《あそん》……17
在原《ありわらの》行平《ゆきひら》……16
和泉式部《いずみしきぶ》……56
伊勢《いせ》……19
伊勢大輔《いせのたいふ》……61
殷富門《いんぷもん》院《いんの》大輔《たいふ》……90
右近《うこん》……38
右大将道綱母《うだいしょうみちつなのはは》……53
恵慶《えぎょう》法師《ほうし》……47
大江千里《おおえのちさと》……23
大江匡房《おおえのまさふさ》……73
凡《おおしこうちの》河内躬恒《みつね》……29
大伴家持《おおとものやかもち》……6
大中臣能宣《おおなかとみのよしのぶの》朝臣《あそん》……49
小野小町《おののこまち》……9
小野篁《おののたかむら》……11

【か行】
柿《かきのもとの》本人麻呂《ひとまろ》……3
鎌倉《かまくらの》右大臣《うだいじん》……93
河原《かわらの》左大臣《さだいじん》……14
菅家《かんけ》……24
喜撰法師《きせんほうし》……8
儀同三司母《ぎどうさんしのはは》……54
紀貫之《きのつらゆき》……35
紀友則《きのとものり》……33
行尊《ぎょうそん》……66
清原深養父《きよはらのふかやぶ》……36
清原元輔《きよはらのもとすけ》……42
謙徳公《けんとくこう》……45
皇嘉門院《こうかもんいんの》別当《べっとう》……88
光孝天皇《こうこうてんのう》……15
皇太后宮大夫俊成《こうたいごうぐうのだいぶとしなり》……83
後京極摂政《ごきょうごくせっしょう》前太政大臣《さきのだいじょうだいじん》……91
小式部内侍《こしきぶのないし》……60
後徳大寺左大臣《ごとくだいじのさだいじん》……81
後鳥羽院《ごとばいん》……99
権中納言敦忠《ごんちゅうなごんあつただ》……43
権中納言定家《ごんちゅうなごんさだいえ》……97
権中納言定頼《ごんちゅうなごんさだより》……64

【さ行】
西行法師《さいぎょうほうし》……86
坂《さかのうえの》上是則《これのり》……31
相模《さがみ》……65
前権中納言匡房《さきのごんちゅうなごんまさふさ》……73
前大僧正《さきのだいそうじょう》行尊《ぎょうそん》……66
前大僧正慈円《さきのだいそうじょうじえん》……95
左京《さきょうの》大夫顕輔《だいぶあきすけ》……79
左京《さきょうの》大夫道雅《だいぶみちまさ》……63
猿丸大夫《さるまるだゆう》……5
参議篁《さんぎたかむら》……11
参議等《さんぎひとし》……39
参議雅経《さんぎまさつね》……94
三条院《さんじょういん》……68
三条右大臣《さんじょううだいじん》……25
慈円《じえん》……95
持統天皇《じとうてんのう》……2
寂蓮法師《じゃくれんほうし》……87
従二位家隆《じゅにいいえたか》……98
俊恵法師《しゅんえほうし》……85
順徳院《じゅんとくいん》……100
式子内親王《しょくしないしんのう》……89
周防内侍《すおうのないし》……67
菅原道真《すがわらのみちざね》……24
崇徳院《すとくいん》……77
清少納言《せいしょうなごん》……62
蝉丸《せみまる》……10
僧正遍昭《そうじょうへんじょう》……12
素性法師《そせいほうし》……21
曾禰好忠《そねのよしただ》……46

【た行】
待賢門院《たいけんもんいんの》堀河《ほりかわ》……80
大納言公任《だいなごんきんとう》……55
大納言経信《だいなごんつねのぶ》……71
大弐三位《だいにのさんみ》……58
平《たいらの》兼盛《かねもり》……40
高階貴子《たかしなのきし》……54
中納言朝忠《ちゅうなごんあさただ》……44
中納言兼輔《ちゅうなごんかねすけ》……27
中納言家持《ちゅうなごんやかもち》……6
中納言行平《ちゅうなごんゆきひら》……16
貞信公《ていしんこう》……26
天智天皇《てんじてんのう》……1
道因法師《どういんほうし》……82

【な行】
中《なかのおおえのおうじ》大兄皇子……1
二条院讃岐《にじょういんのさぬき》……92
入道前太政大臣《にゅうどうさきのだいじょうだいじん》……96
能因法師《のういんほうし》……69

【は行】
春道列樹《はるみちのつらき》……32

藤原顕輔《ふじわらのあきすけ》……79
藤原朝忠《ふじわらのあさただ》……44
藤原敦忠《ふじわらのあつただ》……43
藤原家隆《ふじわらのいえたか》……98
藤原興風《ふじわらのおきかぜ》……34
藤原兼輔《ふじわらのかねすけ》……27
藤原清輔朝臣《ふじわらのきよすけのあそん》……84
藤原公経《ふじわらのきんつね》……96
藤原公任《ふじわらのきんとう》……55
藤原賢子《ふじわらのけんし》……58
藤原伊尹《ふじわらのこれまさ》……45
藤原定家《ふじわらのさだいえ》……97
藤原定方《ふじわらのさだかた》……25
藤原定頼《ふじわらのさだより》……64
藤原実方朝臣《ふじわらのさねかたのあそん》……51
藤原実定《ふじわらのさねさだ》……81
藤原忠平《ふじわらのただひら》……26
藤原忠通《ふじわらのただみち》……76
藤原俊成《ふじわらのとしなり》……83
藤原敏行朝臣《ふじわらのとしゆきのあそん》……18
藤原雅経《ふじわらのまさつね》……94
藤原道綱母《ふじわらのみちつなのはは》……53
藤原道信朝臣《ふじわらのみちのぶのあそん》……52
藤原道雅《ふじわらのみちまさ》……63
藤原基俊《ふじわらのもととし》……75
藤原義孝《ふじわらのよしたか》……50

藤原良経《ふじわらのよしつね》……91
文屋朝康《ふんやのあさやす》……37
文屋康秀《ふんやのやすひで》……22
遍昭《へんじょう》……12
法性寺入道前関白太政大臣《ほっしょうじにゅうどうさきのかんぱくだいじょうだいじん》……76

【ま行】
道綱母《みちつなのはは》……53
源兼昌《みなもとのかねまさ》……78
源実朝《みなもとのさねとも》……93
源重之《みなもとのしげゆき》……48
源経信《みなもとのつねのぶ》……71
源融《みなもとのとおる》……14
源俊頼朝臣《みなもとのとしよりのあそん》……74
源等《みなもとのひとし》……39
源宗于朝臣《みなもとのむねゆきのあそん》……28
壬生忠見《みぶのただみ》……41
壬生忠岑《みぶのただみね》……30
紫式部《むらさきしきぶ》……57
元良親王《もとよししんのう》……20

【や行】
山辺《やまべの》（山部）赤人《あかひと》……4
祐子内親王家紀伊《ゆうしないしんのうけのきい》……72
陽成院《ようぜいいん》……13

【ら行】
良暹法師《りょうぜんほうし》……70

用語・事項さくいん

〈ページ数〉

歌合《うたあわせ》……79
歌枕《うたまくら》……79
縁語《えんご》……85
掛詞《かけことば》……85
家集《かしゅう》……79
羇旅《きりょ》……79
金葉和歌集《きんようわかしゅう》……93
光琳《こうりん》カルタ……135
古今和歌集《こきんわかしゅう》……93
後拾遺和歌集《ごしゅういわかしゅう》……93
後撰和歌集《ごせんわかしゅう》……93
詞書《ことばがき》……79
三十六歌仙《さんじゅうろっかせん》……79
詞花和歌集《しかわかしゅう》……93
拾遺和歌集《しゅういわかしゅう》……93
続後撰和歌集《しょくごせんわかしゅう》……93
序詞《じょことば》……85
新古今和歌集《しんこきんわかしゅう》……93
新勅撰和歌集《しんちょくせんわかしゅう》……93
千載和歌集《せんざいわかしゅう》……93
雑歌《ぞうか》……79

体言《たいげん》止《ど》め……85
題《だい》しらず……79
勅撰和歌集《ちょくせんわかしゅう》……93
梨壺《なしつぼ》の五《ご》人……93
百首歌《ひゃくしゅうた》……79
部立《ぶだ》て……79
本歌取《ほんかど》り……85
枕詞《まくらことば》……85
よみ人《びと》しらず……79
六歌仙《ろっかせん》……79

【監修】

久保田淳（くぼた・じゅん）

一九三三年生まれ。東京大学名誉教授。専門は中世文学（特に和歌文学）。日本学士院会員。著書は『新古今和歌集全評釈』（講談社）『中世和歌史の研究』（明治書院）『藤原定家とその時代』（岩波書店）など多数。著作集『久保田淳著作選集』（全三巻・岩波書店）がある。

【本文執筆】

鈴木宏子（すずき・ひろこ）

一九六〇年生まれ。千葉大学教授。専門は平安文学。著書に『古今和歌集表現論』（笠間書院）など。

谷知子（たに・ともこ）

一九五九年生まれ。フェリス女学院大学教授。専門は中世文学。著書に『中世和歌とその時代』（笠間書院）『和歌文学の基礎知識』（角川選書）など。

■写真協力者一覧

太田真三（p.11）　片山虎之介（p.115）　中田昭（p.17・21・37・69・75・81・89・95・101・113・121・125）　（株）フォトオリジナル（p.27・43）　宮地工（p.127）

光琳カルタで読む

百人一首ハンドブック

二〇〇九年十二月十九日　初版第一刷　発行
二〇二四年　五　月二二日　第五刷　発行

監修　久保田淳

発行者　石川和男
発行所　株式会社 小学館
〒一〇一－八〇〇一　東京都千代田区一ツ橋二－三－一
電話　編集　〇三－三二三〇－五一七〇
販売　〇三－五二八一－三五五五

印刷所　NISSHA株式会社
製本所　株式会社 若林製本工場

ブックデザイン　周玉慧
本文DTP　昭和ブライト

制作／島田浩志・苅谷直子・池田靖
宣伝／宮村政伸　販売／栗原弘　編集／松中健一

造本には十分注意しておりますが、印刷、製本など製造上の不備がございましたら、「制作局コールセンター」（フリーダイヤル〇一二〇－三三六－三四〇）にご連絡ください。（電話受付は、土・日・祝休日を除く9:30～17:30）

ISBN978-4-09-386269-1